JN151404
釘を刺してから唇をあわせ、唇を舐めて、啄む。薄いその唇は
かさつくこともなく柔らかで、ひどく甘く感じた。

危険な誘惑

きたざわ尋子
ILLUSTRATION：円之屋穂積

危険な誘惑

LYNX ROMANCE

CONTENTS

危険な誘惑

気位の高い猫のようだと思った。

しなやかで美しく、硬質な雰囲気なのにどこか艶めかしい。容易には手が届かないような高い場所からこちらを見下ろし、迂闊に手を伸ばせば、きっと鋭い爪が飛んでくる。

興味がなさそうな顔をしながら一瞬で他人を判断して、後はもう目を閉じて無関心だ。

触れたいと思い、抱きしめたいと思った。それはおそらく、彼を一目見たときから始まっていたのだろう。

加瀬部貴広にとって、今日付でやって来る新入りは大して意味がある人物ではなかった。

客観的な目で見れば違うのだろうとは思う。渡されたデータからでも、十二分に非凡で優秀らしいことはわかったし、その出自も目を引くものがある。

だが優秀であることなど加瀬部にとっての価値にはならない。大きな失敗をしてこちらに迷惑をかけなければかまわなかった。

まして容姿など、本当にどうでもいいものだ。

冷めた反応の加瀬部に反して、同僚たちはかなり沸いていた。経歴よりも、まず添えられていた写真を見て盛り上がっていた。

だが加瀬部は同僚たちが盛り上がれば盛り上がるほどに白けてしまう。

「こんな顔じゃ目立ってしょうがねぇな」

写真のなかの新入りは、まっすぐに正面を見つめその美貌を惜しげもなく晒していた。

機械的に撮られた身分証のための写真だというのに、それは職場の馬鹿な男共を沸かせるには十分だった。

「おまえが言うなよ」

同僚の冷やかしに、加瀬部は澄まして返した。

「俺は埋没できる系だからいいんだよ」

「いやいや、できてねーって。その顔とガタイで、どうやって埋没する気だ」

笑い飛ばす同僚の小柴は同期だが一歳上の三十二で、常に実年齢よりも五歳は老けて見られるのが悩みらしい。ときには四十過ぎだと思われるというのだから無理もない。気のいい男だが、口数が多い上になにかと絡んでくるのがときどき鬱陶しかった。

「仕事するのに邪魔だったことはねぇぞ」

「そりゃ潜入しないからだろ」

「滅多にないだろうが、そんなもん」

少なくとも加瀬部はしたことがないし、目の前の小柴もそうだろう。加瀬部たちが籍を置く課でも、実際に内偵先に潜入した者など片手で足りるくらいしかいないはずだ。基本は地道な調査の積み重ねがものを言う仕事なのだ。

加瀬部が身を置くのは、法務省戸籍局刑事部戸籍調査課だ。文字通り戸籍について調べるのが業務内容で、組織としてはまだ新しく設立は十二年前になる。

以前から戸籍を扱う部署は存在したが、社会状況の変化によって必要に迫られてこの形になった。戸籍関係は新しい局にまとめられ、それまでの業務は民事部が行っている。

では刑事部はなんのための組織か。刑事事件——戸籍が絡む犯罪を摘発するためのもので、調査官はコチョウと呼ばれることもある。

「俺は一回あるぞ」

小柴は自慢げに小鼻を膨らませた。

「客の振りして行っただけだろ」

「それだって立派な潜入ですぅ。ちゃんと摘発に繋がりましたし、あのときは五十人以上の戸籍を元に戻せましたぁ」

苛つく言い方だが、紛れもない事実だった。

現在、この国には百数十万人の無戸籍者がいると言われている。不法滞在の外国人の子供もいるが、日本人を親に持つ者も半数以上を占めているのが現状だ。日本で暮らす百人に一人が戸籍なしという異常な事態だった。

　小柴によって戸籍が戻った五十人というのは、借金の形に戸籍を売るしかなかった者たちだ。当然違法なので、無事に戻ったわけだ。

　そう、いまや戸籍は商品となり、違法な売買や作成が横行している。無戸籍者が増えた結果、犯罪の検挙率もずいぶんと落ちていた。貧困とセットになって大きな社会問題となっているのだ。

　加瀬部たちは、そういった戸籍にまつわる違法行為を取り締まっていて、対象は個人から組織まで広く扱う。潜入が必要になるケースは主に後者だ。麻薬取締官（まやくとりしまりかん）と同様に、戸籍に絡む事件に対してのみ捜査権と逮捕権を持っているのだ。

「ま、滅多にない機会が巡ってきたとしても、おまえは無理だな。コチョウのイケメン調査官ってその筋じゃ超有名らしいし」

「へぇ」

　つまらない名称だと口を歪め（ゆがめ）て笑い飛ばす。白けた様子を隠さない加瀬部に、同僚はへりくだるようにして苦笑を浮かべた。

「まぁ、おまえはイケメンって言葉あんまり似合わないけどな。なんかこう、もっと凄（すご）みがあるっていうか、若々しさに欠けるもんな」

「おまえにだけは言われたくねぇよ。顔だけなら係長クラスだぞ」

「おまっ……気にしてることを……！　あー、俺も加瀬部みたいなイケメンに生まれたかったよ」

「既婚者がなに言ってやがる」

「それはそれ。ほんとに神さまってのは不公平だよな。その顔に生まれた瞬間に、もう人より何歩もリードできてるもんな」

同僚の悪い部分が出てきて、加瀬部は苦笑を浮かべながら手にした新入りの資料をデスクに置いた。わざわざ紙に出したものを渡してくるほど、上司は新入りとしっかり組めと言いたいらしい。

今日から入る調査官は加瀬部と組むことが申し渡されているのだ。

だが単独行動をしたところで問題はないはずだ。調査の際には二人一組で行動せよ、というのも服務規程というほどのものでもない。現にこれまで加瀬部は一人で動いてきたものの大きな問題が生じたことはなかった。多少のトラブルは何度かあったが、せいぜい始末書ですむようなことだった。

組まされてきた相手からは、うんざりするほどの文句を言われてはいたが。

「それはそうと、おまえは今日内勤なのか？」

「調査報告書を出さないとね」

「だったら書けよ」

明らかにサボっている小柴とは逆に、彼と組んでいる男は先ほどからずっとパソコンに向かってキーボードを叩いている。こちらの話を聞いているのかどうかもわからなかった。

ふと気がつくと、今日はずいぶんと人が多いようだ。普段なら半数以上が外へ出ているというのに、妙に落ち着かない様子で部屋にいる。しかも全員がスーツを着用していた。

戸籍調査官は外での調査のとき、その場に応じた服装をすることを求められている。カジュアルな格好のほうが浮かない場所もあれば、スーツのほうが溶け込める場所もある、ということだ。だが内勤のときはスーツを着る場合が多いし、急に必要になったときのために、誰もがロッカーに何着か服を置いてあった。

加瀬部も普段はカジュアルなもの――ジャケットにプルオーバーやTシャツといった格好が多い。色は薄めを心がけている。ダーク系に走ると健全さがますます失われると言われるからだ。従ってスーツもグレー系が多くなっている。色によってはカタギに見えなかったり威圧感が洒落にならなかったりするらしいので、これも配慮の一環だ。他人の意見に従う性質ではないが、仕事の妨げになるのは本意ではなかった。

「……まさかと思うが、新顔を見たくているのか?」

「当然だろ。見たいじゃん」

「珍獣かよ」

本当に浮かれている。美少女転入生を待ちわびる中学生か高校生のようだった。実際には、美青年の到着に沸くむくつけきおっさんたちなのだが。

やれやれと溜め息をつき、少しネクタイを緩めた。息苦しくて仕方なかった。

調査課全員のスーツ着用が求められる日は年に何度かある。年明けの初出勤の日であったり、幹部の着任挨拶のときであったり――。だが一介の調査官が来るからとスーツになったことは一度もなかったはずだ。

「ま、一介の調査官にしてはバックについてるのが大物すぎるか」

「大物だねぇ」

「だからって全員スーツはねぇだろう」

「おまえだって着てるじゃん」

「俺は上司命令で仕方なく、だ」

内勤のときでも加瀬部はスーツこそ着るがノーネクタイなのだ。だが今日は名指しで着用を指定されてしまった。

「あー、なんでバディは俺じゃないんだろ。代わって欲しいわ」

「上に言え」

「それは無理。けど、やっぱ羨ましい。こんな美人と組めるなんて最高じゃん」

「美人は関係ねぇだろ」

「いやいや、目の保養になるし。あわよくば付き合えるかもしれないじゃん」

「おい、奥さんにチクるぞ」

「冗談だって」

　笑いながら肩を叩いてくる男の冗談がどこまでなのか、いまだに加瀬部は計りかねている。彼は去年結婚した女性と出会う前は、パートナーはどちらでもいいと言っていたのだ。

　ＬＧＢＴへの理解がまずまず進んだ現在、同性愛者があからさまな差別を受けることはまずない。法整備も整っていて、公務員だろうと一般企業だろうと、それを理由に居場所を失うことはほとんどないと聞いている。もちろん完全ではないし、口に出さないだけで嫌悪や抵抗感がある者は一定数いるだろう。

　加瀬部の知る限り、あらためて公言する者のほうが稀だ。なにかの拍子に、付き合っている相手が同性だということがわかる……というパターンが多い。あるいは日頃の発言から、バイセクシャルであるとわかるパターンか。

　加瀬部はというと、身体だけならばどちらでもいいが抱く側であることを譲るつもりはなかった。そして恋愛対象としては女性がいいと思っている。

「まったく……相変わらず見た目を裏切る軽さだな」

　小柴の落ち着いた風貌を裏切る、学生のような軽い口調はいつまでたっても変わらない。もっともプライベートなときにしか発揮されないので、仕事に支障はないようだが。

「華が欲しいじゃん。殺伐とした職場に華をくださーい」

「あいにく職場に華を求めるつもりはないんでな」

「えー、いるよ。絶対いる。うちにはなんで一人も女性調査官がいないんだよ。おまえか？　おまえのせいなのか？」

「なんで俺のせいなんだ。人事権なんかねぇぞ」

絡み方が面倒になってきて、椅子の背に身体を預けた。安い事務椅子がぎしりと音を立てる。

女性調査官は全体の三割ほどいるが、加瀬部たちがいる三係には一人もいないし、同じ部屋を使っている一、二係にもなぜかいないのだ。おかげで室内には五十人近い男共が出たり入ったりしている状態だ。部屋は広いとはいえ、むさ苦しいことこの上なかった。

「きっとあれだよ、同じ部屋におまえと女を一緒にできないって思われてんだな」

「そんなわけあるか。おまえ、そろそろその口にテープ貼るぞ」

確かテーピング用のテープがあるはずだと引き出しに手をかけたとき、室内の空気が動いたのを感じた。

「三係はどちらになりますか」

涼やかなくせにどこか気怠げな声が、すっと耳に入ってきた。一瞬にして室内が静まりかえり、声

の主へと全員が視線を向ける。加瀬部も例外ではなかった。

噂の新入り――夏木涼弥がそこにいた。

写真で見たときも異様に綺麗な顔だと思ったが、実物はさらに印象が鮮やかだった。その佇まいも大層美しく、しなやかな猫のようだった。

ネイビーのスーツは細身のシルエットで、そのスタイルのよさに目を奪われる。長くてほっそりとした脚が、これでもかと強調されていた。

メンズ誌の写真でも見ているような気分になった。

「今日付けて着任した者なんですが」

一瞬で数十人を黙らせた男は、異様な雰囲気など気にも留めず、ゆるく首を傾けた。声をかけた相手に、無言で答えを促している。

「こっちだ」

ほぼ背後にある係長のデスクを指しながら言うと、夏木の視線が向いた。なかば惚けている同僚が我に返るのを待つ気などなかった。

夏木は加瀬部に向かって目礼し、つかつかと係長の元へ歩いて行く。その姿を部屋にいるほとんどの視線が追いかけていた。

背筋が伸びていて、歩き方まで綺麗だった。

「福岡（ふくおか）支局（しきょく）から参りました夏木涼弥です。よろしくお願いします」

「あ……ああ……」

腐抜けた返事しかできない係長に、思わず溜め息をつく。静まりかえった室内に、それはことのほか大きく響いた。

夏木の意識が向いたことはわかったが、視線は係長に向いたままだった。

我に返ったらしい係長が、大きな咳払（せきばら）いをした。十歳以上も下の新しい部下に完全に飲まれてしまっているのがおかしくて、加瀬部はにやにやと人の悪い笑みを浮かべる。

「係長の浮島（うきしま）だ。あー、加瀬部」

「は？」

「は、じゃない。まぁいい。夏木、君と組むことになる加瀬部貴広だ。君よりも……おまえ、いくつだったか？」

「三十一」

「だそうだ。君より三つばかり上だが、キャリアは君のほうがあるな。まぁでも、なかなか優秀なやつだ。上手くやってくれ」

「はい。ご期待に添えるように努めて参ります」

優等生の返事をして、夏木は加瀬部の元へやってきた。といってもたかが数歩足を動かしただけだったが。

正面から間近に見ると、あらためてその造作の見事さに驚かされる。アーモンド型の大きな目も細く透(とお)った鼻筋も薄い唇も、形も配置もよく小さな顔に並んでいる。派手さはない。だがおそろしく綺麗な顔だ。

相変わらず部屋中から視線が突き刺さってくる。それをまったく気にしていないあたり、なかなか肝が据わっているのだろう。

「加瀬部さん。若輩者でご不満もあるかと思いますが、よろしくお願いします」

高くもなく低くもない、耳に心地いい声だった。無視するほどの理由もないが、立ち上がるほど礼を尽くす気もなく、加瀬部は座ったまま椅子ごと向きを変えた。

「よろしく」

心にもないことを言うものだと自分に向けて笑う。それを気取らせるつもりはなかったというのに、夏木は黙ってわずかに微笑(ほほえ)むだけの反応を返してきた。

思っていたよりも食えない男だと思った。おとなしそうな見た目をしているくせに……と思いかけ、数々の噂を思い出した。

本当にいろいろな話を聞いたものだが、なかには眉をひそめるようなものもあった。下手をすれば名誉毀損(めいよきそん)にも当たりそうなものだ。

彼が大きな実績を上げられるのは、その美貌を武器にして情報を取ってくるからだ、と。つまり身体を使っているという噂だった。

正確な情報だとは思っていない。だが経歴だけを見ても、彼が見た目通りにおとなしいわけがないと気がついた。

短い顔合わせは、係長の声によってすぐに終わった。どうやらこれから上司に挨拶しに行くらしい。後ろ姿を見送って、その姿が廊下へと消えると、途端に部屋のざわめきが戻って来た。誰かがスイッチで操作でもしているかのようだった。

「いやー、なんだあの美人」

「これからあれを拝めるのか。最高かよ」

小柴以外にも同僚たちが集まってきて、興奮気味に感想を口にする。三係だけでなく、よそからも来ていた。

「なんとも言えない色気があるよな」

「いいなぁ加瀬部。あんな美人と組むなんてさぁ」

「さすがのおまえも単独行動はやめるだろ」

「俺だったら絶対離れないわ」

夏木の容姿はやはり高評価だ。事前に流れていた噂など、もうどうでもいいようだった。

生意気だとか愛想がないとかスタンドプレーが過ぎるとか、ひどいものになると後ろ盾があるのをいいことに好き放題しているというのもあった。そして件の噂も。

噂のほとんどは、今日は非番でいない一係の男が仕入れてきたものだ。彼は以前、大阪支局にいたことがあり、そこの同僚から聞かされていたらしい。本人は面識がないそうだ。

「多少生意気そうなところはあったが、愛想はそこそこあったな」

噂は当てにならないと呟くと、周囲から苦笑がこぼれた。

「おまえのほうが断然生意気で無愛想だったわ」

「だな」

「むしろ彼、礼儀正しかったぞ」

「まぁ三日もすりゃわかるだろ。虎の威を借る狐かどうかはな」

自然と目が右のほうへ向いてしまったが、同じように視線を向けた者は一人や二人ではなかった。

その方向には戸籍調査課長の部屋があり、夏木と係長はそこへ行っているのだ。

松川克昭課長はこの部署ができたときからの調査官、いわばスタートメンバーであり、五年前に係長となり二年前に課長となった。

彼の父親もまたかつては法務省の官僚で、現在では代議士として政治の中枢にいる。戸籍局を作るために尽力したのが彼だというのは誰でも知っていることだ。

夏木は松川家の親類らしい。後ろ盾だの虎の威を借る狐だのという話が出てくるのはそのためなのだ。

「各地を転々としてんのも、御大の指示なのかね」

「さぁ」

「本人の希望ってことになってるが、実際どうなんだろうな。ちょっと聞いてみろよ。普通じゃないことは確かなんだし」

加瀬部はさっき放り出した書類をふたたび手にした。

資料によると、夏木は入省以来各地を転々としている。長くて二年、短いと一年足らずでよそへと移ってしまう。これでは勘ぐる者が出てきても仕方ないだろう。

なにしろ夏木の経歴は特殊だ。戸籍局の設立当初から、若干十七歳にして調査官として動いていたのだから。

違法ではないが、特例中の特例であることは間違いない。だからまだ二十八歳にして、誰よりも長いキャリアを持っているのだ。松川代議士の意向と措置が効いていることは確かだろう。

「おい、そろそろちゃんと仕事しろ。税金泥棒って言われるぞ」

二係の長から声が飛び、調査官たちはようやく活動に戻っていった。外へ行く者もいるが、今日は報告書の作成に戻る者のほうが多いようだ。加瀬部も提出を迫られていた報告書を仕上げ、上司のデスクへ置きに行く。アナログだといつも思うが仕方ないことだった。

時間を置かず、係長と夏木は戻ってきた。そして加瀬部の顔を見ると、すぐに積まれた案件のうちの一つをまわした。

「早速こいつを二人で頼む。あ、それと席は決まってないから、適当にな」

「はい」

どこの支局も似たようなものだろうが、夏木はあえて口にすることなく頷く。調査官は外へ出ていることが多いため、その人数に対してデスクはかなり少なく設置されている。

「ここ座れ」

「ありがとうございます」

つかみどころがない男だと思った。猫を被っているのか、どうにも彼の性質というものが見えてこない。

共用のパソコンはそれぞれのＩＤで入るのだが、今日は居残りが多いせいで空きがない。手招いて椅子を一つ調達し、さっきまで加瀬部が使っていたパソコンで概要を見ることにした。

一つのディスプレイを覗き込むために、自然と互いの距離が近くなった。ふわりと鼻をくすぐるような匂いがしてわずかに目を瞠る。

「概要を出してもらっても？」

「ん？　ああ」

カチカチと操作して、提示された案件を呼び出した。

相変わらず視線がうるさかった。夏木が気になって仕方ないのか、あちこちから視線が飛んでくる。特に小柴は顕著で、もの言いたげな顔で何度も見るのだ。本当は夏木が戻ってきたら自己紹介に入りたかったのだろうが、仕事を割り振られたので一応自重しているようだ。

わかってはいたが無視してディスプレイを見据える。すっと手が伸びてきて、カーソルキーに指を置いた夏木がわずかに首を傾げた。

ページを送っていいのか、と問いかけているらしい。

「どうぞ」

ざっと目を通し、よくあるケースだと頷く。警察からまわってきたもので、殺人事件の被害者の身元がでたらめで、闇ブローカーから戸籍を買った可能性が高いため素性を突き止めてほしい、というものだった。

所持していた免許証の写真と情報をそれぞれのスマートフォンに落とすと、夏木を促して早速調査へと向かうことにした。

「いつもみたいに一人で行くなよー」

浮島の声は無視し、二人で廊下へ出た。

「いつもはあそこまでじゃないんだけどな。つーか、おまえ思ったより小さいな」

「は？」

形のいい眉をひそめられた。不快というよりは怪訝そうな顔に見える。くだらないものを見るような目だった。

人に懐かない猫のようだ。気位が高くて、きっと気性も荒い。彼の出自を考えれば血統書付きのはずなのに、なぜか野良猫を思わせる。

おもしろい。加瀬部はふっと笑い、試しに手を伸ばしてみた。

その手は夏木の頭に届く前にすいっとかわされた。加瀬部を見据えながらの最小限の動きといい、その後の冷ややかな目といい、ますますおもしろいと思った。

「いや、そうか……頭小さいんだな。等身が高いから、デカく見えてたのか。ああでも平均よりはあるよな」

「無駄にデカい人にとってはそうなんでしょうね」

「は、無駄か。見下ろされんのは不愉快か」

プライドが高そうだから言ってみたのだが、夏木はいっさい感情を見せることはなかった。気分を害した様子もなければ、加瀬部を蔑んだ様子もない。きわめてフラットだった。

「別に。あなたほどじゃないにしても、俺より目線の高い人なんて珍しくないでしょう」

「まぁそうだな」

「中央に目立つ調査官がいるとは聞いてましたけど、噂以上ですね」

「おまえもな。あ、それよりあれだ、おまえ相当猫被ってんだろ。素でいいぞ。あとタメ口でかまわねぇ」

年下らしい態度が板についていない、とは言わないが、どうにもむず痒く感じてしまう。そこを正直に伝えてみるが、素っ気ない態度は変わらなかった。

「あなたのほうが年上ですから」

「キャリアはおまえのほうがあるだろ。っていうか、十七で潜入調査したってマジなのか」

経歴に十七から非常勤扱いで籍があったことは事実で、調査資料として当時のことも残っている。だから疑う余地はないのだが、どうしても聞きたくなってしまった。

夏木はあっさりと、その細い顎を引いた。

「潜入と言うか……頼まれていくつかの高校に通って、少し探った程度ですよ。まぁ大学のときもやってましたけど」

「帰国子女だっけか」

「ええ、まぁ」

夏木の潜入先となった高校は、いずれも架空の人間に学歴を作っていたところだった。

不登校生徒の保健室登校という体で卒業証書を出し、実際には存在しない人物があたかも存籍していたような足跡を作るビジネスがあったのだ。そういった経歴のオプションがあるほうが、戸籍は高く売れる。本物の学歴だと別人だという同窓生などの証言が出る可能性があり、都合が悪いことが起こりうるからだ。

なんらかの方法で生まれてもいない子供の出生届を出したり、死んでしまった子供の籍をそのままにして売ったり、あるいは事情があって子供の籍を手放したり……といったことは現在でもあるが、いまは架空の学歴を作ることは難しくなっていた。

「こっちに来る前はアメリカだっけ？　向こうの生まれか？」

「いえ、六歳まではこっちで。イギリスが一番長かったかな。アメリカはその次くらいで……まぁ父の仕事の都合で、転々と……」

「こっちに土地勘は？」

「大学のときは、ほぼ東京にいました」

「ってことは六年ぶりか。じゃあとりあえず……って、おい！」

軽く頭を下げて「では」と言い、夏木はさっさと背中を向けた。それを引き留めるためにとっさにつかんだ腕はイメージ通り太くはなかったが、かといって細すぎるということもなく、きちんと筋肉がついていた。

鬱陶しそうに振り返った顔を見て、案外顔に出るタイプなのだろうかと思った。いや、故意にそうしているのかもしれない。

「土地勘ねぇんだろ？」

「ないですが、問題ありません」

「ねぇのかよ」

「ええ、なので俺のことはお気になさらず。あなたはいつも相手を無視して単独行動をとる、と聞いてます」

「……まぁな」

どうやら上司から聞かされたらしい。事実なので加瀬部は嘆息し、それならそれで面倒な説明をしなくてもいいかと軽く手を振った。

「好きにしろ。あ、ただし敬語はやめろ」

「……わかった。じゃ」

嘆息の後、夏木はぼそりとそう呟いて踵を返した。遠ざかる後ろ姿を見ながら、加瀬部は我知らず笑みをこぼした。

これはなかなか手強そうだが、好都合でもある。少なくとも加瀬部が一人で行動しても、相手からは咎められないということだ。これまで組まされてきた相手は例外なく苦言を呈し、呆れ、ときには怒っていたが、それも今後はないだろう。

夏木のことが気にならないと言ったら嘘になる。だがそれは、噂の男がどの程度の調査能力を持つのか、という意味での興味だ。

そう思っていた。


調査などというものは、ほとんどが地道なものだ。縁のある人や場所に足を運び、現地で人から話を聞き、具体的な地名が出てくればそこへ出向き、また話を聞く。長くやっていれば独自の人脈もできて、噂話が入ってくることもある。

あるいはひたすらパソコンやタブレットを睨んでいることもあった。戸籍局のデータベースを漁ったり、インターネット上にあふれかえる情報を検索したり辿ったり。

今回は警察がある程度までは調べてあったおかげで、現段階でわかっている事柄がいくつも上がってきていた。これは手間が省けて助かった。料理で言えば下ごしらえがすんでいるようなものだ。手が足りないのと行き詰まりを見せたことでまわってきたのだが、ここからなら仕上げはそう手間取らないだろう。

戸籍調査官は当然のことながら戸籍犯罪がらみの人間や組織に詳しく、それぞれが独自の調味料や調理方法を持っている。個々の信頼関係に基づくものなので調査課全体で共有することはないが、調査に必要な情報は当然上げることになる。

今回も基本的な作業を繰り返し、途中で多少変わったルートも辿りながら、夕方になって新倉（にいくら）という人物の元へ辿り着いた。

今日は昼間は暖かかったが、さすがに日が落ちれば気温もぐっと下がる。もう少しでコートが必要になってくるだろう。

窮屈なネクタイから解放され、いまは普段通りのカジュアルな格好になっている。とはいえ砕けすぎないようにはしてあった。

目当ての人物は戸籍ブローカーの窓口と思われるが、加瀬部が知る限りこれまで名前が上がってきたことはなかった。個人としても組織としてもだ。もちろん偽名をいくつも使っている可能性はあるので断言はできないものの、拠点を置かず各構成員が連絡を取り合って繋がるだけの新興組織の可能性が高い。規模はそれほど大きくもなく、かつ活動も開始してからまだ日が浅いと思われる。

マンションの前まで来ると、反対側からこちらに向かって歩いてくるほっそりとしたシルエットが見えた。着替えるタイミングがなかったらしく、朝と同じスーツ姿だ。

「へぇ……」

向こうも加瀬部に気付いたようだが、足は止めなかったし表情にもこれといった変化はなかったように見えた。少なくとも遠目には。

土地勘もないのに、よく辿り着いたものだ。加瀬部が途中でのんびりとランチを取っていたのだとしても、ハンデをものともしなかった夏木には感心するしかなかった。

「すごいな。新倉に辿り着いたか」

「残念ながら、こちらでは佐藤(さとう)という偽名しかつかめなかった。それと部屋番号までは無理だったから、感心されるほどのことじゃない」

冷めた反応だ。謙遜(けんそん)しているわけでも、悔しそうなわけでもない。おそらく彼の基準はすこぶる高いのだろう。

「それでもたいしたもんだ」

犯罪者が偽名を使うのは当然で、新倉もいくつもの名前を使い分けていたようだ。新倉の籍が正真正銘本人のものであるという保証もないご時世なのだ。

マンションは規模こそ大きいが古いタイプでオートロックではない。なんの障害もなく新倉の部屋まで行ける作りだ。

「行くだろ？」

「もちろん」

三階の一番奥の部屋に行くにあたり、ルートは二つに分けた。エレベーターと階段だ。

当たり前のように夏木は階段を選択して行ってしまったので、加瀬部はエレベーターに乗り込んだ。待つ時間があったせいで、三階へは夏木のほうが早く到着した。

夏木をドアスコープの前に立たせ、チャイムを鳴らした。なかから来客を覗いた場合、彼のほうが加瀬部よりもドアを開けてくれる確率は高いからだ。

だが反応はなかったし、気配も感じなかった。居留守というわけではなさそうだった。

「いると思うか？」

「いや、多分留守だ」

「だよな。待つか」

手に入れた連絡先はとっくに通じなくなっていたから、とりあえず帰宅を待つことにする。マンションの向かいにはカフェがあったはずだ。

外へ出て個人経営らしい店を指し示すと、夏木は黙ってついてきた。つまり現段階では、加瀬部と同じくほかに動きようがないということだ。

店内は半分くらい席が埋まっていて、運よく窓際に一つ空きがあった。迷わずそこを陣取り、それとなく視線を外へ向ける。

「コーヒーでいいか」

「ああ」

オーダーを取りに来たスタッフに二人分のホットコーヒーを頼んでから、加瀬部は少し身を乗り出した。

「ちなみにどういうアプローチでここまで辿り着いたんだ？」

「加瀬部さんが教えてくれるなら教える」

「ま、そうだよな」

ひょいと肩をすくめ、この話は打ち切ることにした。

作り置きなのか、あっという間にコーヒーが運ばれてきた。香りもあまり立っておらず、一口飲んですぐカップを戻すことになった。場所代だと思えば腹も立たない。

夏木もまた少し口をつけただけで飲むのをやめてしまった。だがその意味は、どうも加瀬部とは違うようだ。

「もしかしてコーヒーは嫌いか」

「別に」

「いや、絶対いま『苦っ』て顔したぞ」

一瞬のことだがわずかな表情の変化はしっかりと目撃した。指摘した後の不自然な沈黙も図星以外の何物でもないはずだった。

ところが夏木は明後日の方向から言い返してきた。

「苦いと思うのは味覚の問題で、好き嫌いとは別問題だ」

「いやいやいや、明らかに不味そうな顔したって。不味いのが好きなのか？　マゾか」

「誰がマゾだ。だから別に嫌いでもダメでもない。ただ美味いと思えないだけだ。得意……ではないかもしれない」

それを一般的に苦手だとか嫌いだとかいうのではないかと思ったが、言ったところで易々とは認めそうもないので言葉を飲み込んだ。

涼しい顔をしてはいるがムキになっているのは確かだろう。可愛げがないのではと思っていたが存外そうでもないようだ。

クールなだけではないところが余計に興味深かった。あるいは表面上そう装っているだけなのかもしれない。

開き直ったのか夏木はそれきりコーヒーに口をつけようとしなかった。スマートフォンを弄る振りをして外の様子を見るばかりだ。

これといった会話もなく、カップのコーヒーがすっかり冷め切った頃、大学生くらいの青年が慌ただしく店に入ってきた。

「ごめん、遅くなった！」

「はいはい、別にいいよ」

「それより早く行こうぜ、ケン」

店内にいた友人たちが応えた途端、夏木の指先がぴくりと反応した。そして視線がさりげなく声のしたほうに向けられ、すぐに興味を失ったように戻される。

いまのはなんだろうか。おそらく夏木が見たのは「ケン」と呼ばれた青年だったが、これといって気にする要素はないように思えた。どこにでもいるような普通の青年だ。いや、反応したのもそもそも別の友人の声に対してだったはずで、入店時点ではまったく意に介していなかったし、声の主に興味は示さなかったはずだ。

ならば反応したのは「ケン」という名前ということになる。

「知り合いか？」

違うだろうと思いながら一応尋ねた。

「いや、まったく」

返ってきたのは予想通りの答えだった。素っ気ないどころか、なんの感情も窺わせない。

そう、夏木は青年たちの誰にも興味を抱いていないのだ。入店したときから向こうは夏木を気にしていたが、あくまで一方通行で、夏木は気にも留めていなかった。大学生たちの視線の意味はもちろんこの美貌だろう。

「人違いでもしたか？」

今度は嘆息一つで軽く流された。そうだとも違うとも言わなかった。

賑やかに大学生たちが出て行くと、加瀬部はスマートフォンを取り出して、軽く夏木の視界のなかで揺らして見せた。

大事なことを思い出したのだ。

「とりあえず連絡先寄越せ」

「ああ……」

夏木はすんなりと連絡先の交換に応じた。彼がそれを使うかどうかはともかく、交換を拒否するほどの理由はないようだ。

加瀬部が思わずくすりと笑うと、ガラス玉のような目が向けられた。

「いや、噂とは違うなと思ってさ」

「俺の噂はろくなものじゃないらしいからな。大抵噂よりはマシ……ってことになるんだ。ある意味ありがたいかな。ハードルが下がる」

「優秀ってのは誇張でもなんでもなさそうだけどな」

「だといいな」

意外にしゃべるんだなと感心した。もっと無口でコミュニケーション能力に欠けた男なのかと思っていたし、噂でもそう聞いていたのだが違うようだ。表情の変化に乏しいのは事実なので、そのあたりで損をしているのだろうか。

いや、彼にはそのくらいがちょうどいいはずだ。下手に愛嬌(あいきょう)を振りまいたら誤解する人間が多発して厄介ごとが生まれるに決まっている。あるいはそれを避けるための、あえての対人態度なのかもしれない。

「ま、あれだ。必要に応じて協力しあおうぜ」

「……一応バディだし？」

「そうそう」

自然と口の端が歪むようにして上がった。どの口が、と思わないでもなかった。これまで宛がわれてきたバディを、加瀬部はことごとく放置してきたのだ。

面倒な制度だと思っていた。二人一組での行動を推奨するのは、危険を避けたり不正を防いだりという意味で理解できたが、その相手を固定する意味がわからなかった。状況に応じて組ませたほうがいいという意見はほかからも出ているというのに。

「妙な制度だよな」

「スタンドプレーが基本の人には関係ないと思うが」

「違いねぇ」

喉の奥で笑うと、夏木が不思議なものを見るような顔をした。

自分でも不思議だった。調査官になって以来、加瀬部は常に一人で行動してきた。何度も苦言を呈され、説教を食らい、ときには悪態もつかれた。だが成果を上げていることと、一人で行動する以外では人当たりも悪くはなく問題も起こさないということで、次第に呆れつつも放置されるようになったのだ。周囲が諦めたわけだった。

だから今回の処置にも納得していた。加瀬部と夏木を組ませるのは、係長よりも上——ようするに松川課長からの打診だったのだが、夏木も一人で動きがちだという噂があり、実際に上司が地方局に問い合わせその傾向はあるとの返答を得た。だったら好都合ということになったわけだ。

「なぁ、なんで地方を転々としてたんだ？」

「さぁ」

「松川課長の指示か？　もっと上か？」

「なんの話ですか」

夏木は素っ気なく、視線も寄越しはしなかった。答える気はないという明確な態度だが、少なくとも松川親子が絡んでいることは間違いない。あれだけ短期間で異動を繰り返すなど、本人の意志でどうにかなるものではないのだ。

だがこれは聞くだけ無駄だと判断し、加瀬部は手にしたスマートフォンに目を落とす。傍から見て、なにかを見ているように思わせるためだ。もちろん人の流れを見ることも忘れない。

夏木の意識は少し前から外へと向かっていた。そう長い時間でなければ窓の外を眺めていたとしても不自然ではない、という考えだろう。実際、少しアンティークな窓を背景にして夏木はおそろしく絵になっていた。

ふと思いついてカメラ機能を立ち上げ、パシャリと撮影ボタンを押した。

途端に夏木が睨んできた。

「お、睨んだ顔も美人だな」

「俺を撮ったのか？」

「ああ」

「消せ」

予想通りの反応に笑いながら、画面に指を滑らせていく。いい加減に撮ったわりにはいい写真だ。被写体がいいのだろう。

「いいだろ、減るもんじゃねぇし。よそに流したりもしねぇよ」

「そういう問題じゃない。そもそも流さないのは当然のことだろう。一体なんの意味がある。どういうつもりなんだ」

　きつい表情でいくぶん早口で詰問する様子が、まるで毛を逆立てた猫のようでつい笑ってしまった。するとますます夏木は不機嫌になり、声を低めて「消せ」と繰り返した。

　もともと意味のある行動ではなかったし、消さない理由もないのだ。

「わかったわかった」

　しゃべりながらも操作を続けていた手を止め、テーブルにスマートフォンを置いた。夏木からも見えるようにしながら、撮った写真を消去してみせる。

「これでいいな？」

「二度と撮るな」

「はいはい。っと、あれだ」

　加瀬部の視線が向かうほうから目当ての人物がやってきた。ポケットに両手を突っ込み、薄着のせいで寒いのか背中を丸めて歩いている。

　伝票を持って立ち上がり、多めに払って店を出た。

　新倉という男を呼び止めたのは、エントランスに入ってすぐのところだった。声はあえて夏木にかけさせた。

「なに、あんたら」

新倉は最初に夏木を見て驚いていた。振り返ったときの怪訝そうな顔が夏木の美貌を見て驚きへと変わり、つかの間見とれた。それから我に返って警戒をあらわにした。最後の反応は明らかに加瀬部の存在に気付いたためだ。

「実はこういう者で」

戸籍調査官の身分証——警察官で言えば警察手帳を見せると、新倉は身を翻(ひるがえ)して逃げようとし——。

あっさりと夏木につかまって壁に押しつけられた。無駄のない綺麗な動きは彼のイメージそのままで、これは案外武闘派でもあるのかと密(ひそ)かに感心してしまった。

連行した新倉を拘留し、加瀬部と夏木はその足でグループの頭である男の元へと向かった。さすがにどちらも別行動は選択しなかった。

ここまでくれば二手に分かれる意味はない。目的地は一つなのだ。

加瀬部は主義主張があって単独行動をしてきたわけではなかった。分散したほうが効率がいいからそうしているだけで、二人のほうがいい目的地ならばそうするし、もはや行き先が一つに絞れたならば、バディと行動を共にするのは当然だと思っている。

残念ながら同僚も上司もそのあたりを理解してくれない。もっとも加瀬部が理解を求めないことも一因なのだが。

「よし、次だ」

新倉への尋問は、局の車を待つあいだに彼の部屋ですませてしまった。組織への忠誠心は感じられず、どちらかと言えばアルバイト感覚でやっている印象だった。保身のためもあってか彼はとても素直に質問に答えていた。

新倉から得た情報に従い、今日の接触場所となっているネットカフェを訪れる。場所は日替わりで、会う寸前に指定されているらしい。

そこで難なく主犯格の男を見つけた。多少は抵抗されたが加瀬部にとっては赤子の手を捻るようなものだった。

実にあっさりと片が付き、新倉と同じように刑事部まで連行し、必要なことを聞き出した。

グループといってもわずか五人の、本当に小規模なものだった。

「俺たちは売ってるだけだ」

男はそう言っていた。仕入れ先は複数あるが、いずれも窓口の人間も連絡先も数日単位で変わってしまうという。実際、男が控えていた番号もアドレスも、すでに使用できなくなっていた。よくあるパターンだ。

肝心の被害者の身元も判明したので、仕事は一つ完了した。

たったの一日で終わるとはさすがの加瀬部も思っていなかったが、これは販売グループの男が被害者と元々顔見知りだったことが幸いした。かなり協力的だったのは、殺人の嫌疑をかけられたくない一心だったようだ。

だがその判断をするのはこちらではない。

「そのうち警察が話を聞きに来るから、そっちに話せ」

後は知ったことではなかった。

「なかなかえげつないよな、おまえ」

「なんの話だ？」

　局の車を駆る加瀬部の隣で、夏木は窓枠に肘(ひじ)を突いて外を見ている。ぼんやりしているわけでないのは、油断なく動く目でわかっていた。おそらく道や建物を頭に入れているのだろう。

「いや、ちょっと昨日のこと思い出してさ。新倉に口を割らせた手腕だよ。手腕っていうか、手と顔だけどな」

　夏木は鼻で笑うだけだが、まさに「手と顔」を使った尋問だったのだ。

　身長が同じくらいの男の胸ぐらをつかみ、身を寄せて間近で顔を見つめるだけで、相手は硬直して挙動不審になった。恫喝(どうかつ)したわけでもないし、いわんや暴力を加えたわけでもない。胸ぐらをつかんだのも後からなんとでも言い訳が立つ程度の力加減だった。

　にもかかわらず、夏木が艶然(えんぜん)と微笑んで少し甘い声で尋ねただけで新倉はあっさりと答えてしまった。洗いざらい、するすると。

　加瀬部は黙って見学していた。あまりにもおもしろかったからだ。

「新倉が特別口の軽い男だったのか？　いつもああか？」

「人による」

　返答は端的で、かつ納得のいくものだった。だがここで引き下がるには、あまりにも興味深すぎた。

「そりゃそうだろうが、勝率は？」

「……七割？」

「高いな、おい。ちなみに三割はどうしてるんだ？」

「騙す」

「どんなふうに」

「ケースバイケース」

そう返したきり、後はなにを聞いてもスルーされた。夏木なりの線引きというものがあるらしく、それを越えると口を閉ざすようだ。

彼が言うところの「騙す」については、加瀬部にも覚えがある。見逃してやるだの逮捕するほどの罪じゃないだのと言って話を聞き出すことはよくあるからだ。それ以外にも、確かに「騙す」ことはあった。ようするにハッタリだ。調査官は多かれ少なかれこれを使うが、以前から加瀬部は多用を咎められていた。

「三割ね。おまえ、荒っぽいというか意外と雑だよな」

独りごちて、薄く笑みを浮かべる。

どうやら夏木とは方向性があっているようだ。ならば加瀬部の行動にもうるさくないだろう。しかも単独行動についても気にしなくていいとなれば、これ以上の相手はまずいないと言っていい。

「さて、ここだ」

加瀬部は正寿病院という、都内にある総合病院の駐車場に車を入れた。

一夜明け、今日から二人は昨日のグループに戸籍を卸した組織を特定することになった。少し前からこの手の話は出てくるのだが、いまだに特定には至っていないのだ。問題の組織が一つなのか、それとも複数あるのかもわかっていない。すでに複数の調査官たちが尻尾をつかもうと動いており、加瀬部たちもその一員となったわけだ。

「予定と違う……」

「当時の担当医が去年こっちに移ったんだと。結構よく雑談してたらしいから、とりあえずその担当医に話を聞こうと思うんだが」

被害者が名乗っていた人物は、三年前ある病院に入院していたらしい。これは警察の調べで、ここから名を騙っていたことが発覚したという。その時点で戸籍局に調査がまわってきたため、いまのところは入院時期と経緯しかわかっていない。

入院先の病院にはこの後で行く予定だ。アポイントの時間の都合でそうなった。

夏木は車を降りると、そのまま病院に背を向けた。

「そちらは加瀬部さんに任せる。俺は入院先に行って話を聞いてくる」

「あ？」

「じゃ、また後で」

結構な足早に去って行く夏木を加瀬部は黙って見送った。

「なかなか新鮮だな」

いままでは加瀬部が勝手に動いて、組まされた相手が文句を言いながら追いかけてきて、それを振り切って……というパターンだった。さらにここ一年ほどは、特例扱いで相棒は決められていなかったのだ。

一人で動くのはいいのだが、夏木の行動には引っかかるものがある。確かに分かれたほうが効率的だが、どうにも唐突な印象が拭えなかった。

ここで単独行動に移るならば、なぜ一緒にここまで来たのか。関係先は複数あるのだから、おとなしく車に乗る必要もなかったはずだ。入院先とほかの関係先が近いわけでもない。

「そういや行き先を教えてなかったな」

加瀬部は単に病院に行く、とだけ言ったのだ。入院先の病院にアポイントを取ったとき、ちょうど夏木は近くにおらず、担当医がこちらに移ったことも先方の都合で急遽こちらへの訪問が先になったことも彼は知らなかった。車中で説明しようと思っているうちに到着してしまったのだ。

(この病院となにか因縁でもあるのか……?)

尋ねたところで素直に答えるとは思えない。ならば仕事のついでに少しばかり探りを入れることにしよう。

あれこれ考えながら加瀬部は病院に足を踏み入れた。外来患者の待合室にもなっている一階ロビーは人でごった返していた。

名前と所属先を告げると、すんなりと担当医に会うことができた。ただし多忙につき、時間は十五分程度でと言われている。

挨拶を交わした後、いくつかの確認をした。

医師は被害者のことをよく覚えていて、当時のことを語ってくれた。当時は不審だと思わなかったが、成りすましだと聞いた後だと「そう言えば……」と思うこともあったようだ。

「出身地の話になると、途端に口が重くなりましたよ。いい思い出がないんだ、なんて言ってましたね。港町のようなことを言ってた気がします」

それは戸籍に記載された本籍地だ。被害者の本当の故郷かどうかは不明だった。

一通りの話を聞き、残りの時間を確認すると三分ほどになっていた。いまのところ担当医が思い出せることはないようなので、なにかあったらと連絡先を渡した後、加瀬部は仕事とは関係のないことを切り出した。

逃げるように立ち去った夏木の後ろ姿が、どうしても脳裏にちらついて仕方なかった。

「ちなみに……この人物をご存じないですか？」

加瀬部は昨日撮った夏木の写真を呼び出し、医師に見せた。夏木には消すと偽ったが、こっそり残しておいた写真だ。たいした意味はなかったのに早速役立ってしまった。

医師は写真を見てすぐ破顔した。

「ああ……はいはい。この人なら、多分十年くらい前に会った子だと思いますよ。どうかしたんですか？」

心配そうな尋ね方からして、夏木への印象はいいものなのだろう。ひとまず安堵を覚えつつ、加瀬部は目撃者として捜しているとごまかした。

「彼とはお知り合いですか？」

「いえ、ここを訪ねてきたことがあったんですよ。当時は高校生でしたね。制服姿でした」

「よく覚えてますね」

「まぁ、驚くほど綺麗な子だったので……」

医師は苦笑し、もう一度まじまじと写真を見て大きく頷いた。間違いないという意味だろう。

「訪ねてきたということは、患者ではなかったんですね？」

「ええ。確か十年くらい前の……いまからだと二十年以上前のことを知っている人はいないか、と言われましたよ。僕はたまたま帰りがけに駐車場で声をかけられましてね」

「二十年前？」

「そうです。私はその頃まだ医者ですらありませんでしたから、退職した看護師長を紹介しました。ああ、もちろん本人に事情を説明して了承を取った上で、ですよ。当時勤めていた人はほかにもいましたけど、現役職員を紹介するのは躊躇しちゃいまして……」

十年前といえば夏木は確かに高校生だ。だがすでに調査官として高校に潜入していたのだから、仕事の一環で来たとも考えられる。

いや、仕事ではないはずだ。彼の当時の役目は高校内部を探ることだった。外での調査ならばほかの調査官がやればいいことで、わざわざ高校生にさせる意味がない。

「よく教える気になりましたね」

「人を捜してると言われて……必死な様子に、つい……。それに、あやしい者じゃないと言って学生証も見せてくれましたし」

咎められたと感じたのか、医師は言い訳をするように言った。

「学校名は覚えてますか？」

「ええ。聖谷学院でした。戸籍調査官の人なら、よく知ってるところじゃないかな。ほら、学歴ねつ造で話題になった……」

「そうですね」

「騒ぎになったのは、彼が来た後のことでしたけどね」

当時いくつかの学校が摘発されたのだが、聖谷学院は後発だったためにインパクトは弱かったと記憶している。最初の学校ほどは騒がれなかったはずだ。ただし関東では唯一ということで、こちらでの騒ぎは相当なものだったが。

これは調べてみる必要がありそうだ。

加瀬部は医師に礼を言い、かつて紹介したという元看護師長を紹介してもらってから病院を後にした。

まずは夏木が知りたがっている「二十年以上前のこと」と「捜している人」を特定しなくては。

忙しくなってきたと、加瀬部は密かに笑みを浮かべた。

十二年前に退職した看護師長は、二年前から娘夫婦の元に身を寄せていた。それが沖縄(おきなわ)だということで、さすがに電話で話すことになった。

夏木とおぼしき少年が誰を捜していたのか。すんなりとそれは判明した。

『ええ、覚えてるわ。それがね、捜してた子たちはもう亡くなってたの』

「たち……一人ではないんですか？」

『兄弟だったのよ。何歳だったかしら……お兄ちゃんが小学校上がるか上がらないかで、弟は幼稚園の年中さんくらいかな。戸籍のない子たちで……』

沈んだ声が当時のことをいろいろと教えてくれた。多少前後していたが、要約するとこうだ。

幼い兄弟は戸籍がないながらも親子四人で暮らしていたが、両親の相次ぐ死によって路頭に迷い、それでも周囲の助けによって数ヵ月過ごしたが、弟が高熱を出して倒れたことが切っ掛けで保護された。兄も栄養状態が悪く倒れる寸前だったため二人して入院となったらしい。

『施設に引き取られることが決まって、退院のときに施設の職員さんが迎えに来たんだけど……二人は隙（すき）を見て逃げ出してしまって……』

逃げた理由は不明だが、住み慣れた町に戻ろうとしたか、なにかしらの誤解で自分たちが恐ろしいところへ連れて行かれると思ったのだろうと判断された。

運悪く前日からの大雨で河川は増水しており、兄弟は足を滑らせたのかその川に流されてしまい、行方不明となった。遺体は上がらなかった。

『リョウくんとケンくん。とっても可愛い子たちだったのよ』

悲しいできごとだったからよく覚えていると彼女は言った。兄弟が入院していたのは一週間足らずだったが、素直で照れ屋な兄と人懐っこくてやんちゃな弟はスタッフに可愛がられ、彼らが亡くなったという知らせを受けたときは皆で嘆き悲しんだという。

あらかたの話を聞いて元看護師長との電話を切った後、車のなかで加瀬部はしばらく考え込んだ。

果たしてこれは偶然か。病院の医師は二十年ほど前、と大まかな数字を口にしていたが、看護師長は二十二年前だと断言した。

「……リョウとケン……ね」

夏木と年齢はあうし、名前も引っかかった。だが年齢に関して幼い兄弟のそれは推定に過ぎないし、夏木は松川の親類のはずで、その経歴には一点の曇りもない。とはいえ夏木が帰国後に入った高校のなかに聖谷学院高校があったことは無視できない。

買って来た昼食を車のなかで胃に詰め込みながら、タブレットでデータを閲覧する。新聞の記事をデータ化し、閲覧可能にしたサイトだ。膨大な準備期間を経て、つい数ヵ月前にスタートしたばかりのサービスだった。

いくつかのワードで検索をかけると、すぐに目当ての記事がヒットした。

無戸籍の幼い兄弟が川に流されて行方不明、とある。目撃者は複数おり、兄弟が川に落ちるのを見た者や、兄とおぼしき子供が流されているのを見た者がいた。遺体は見つからないまま、ほかのニュースに紛れてたった数日で報道はされなくなっていた。

かなり気になる話だが今回の事件とは無関係のできごとだ。これ以上、仕事を疎(おろそ)かにしてまで調べるわけにもいかない。

チッと舌打ちをし、加瀬部は車を走らせた。

被害者の入院先は夏木に任せ、加瀬部は独自のラインで調べを進めることにした。ときおり情報を照らし合わせつつ被害者の足取りを追い、夕方になって夏木と合流した。

被害者はあまり慎重なタイプではなかったようで、あっさりと素性は判明した。その結果を持って局に戻り、報告をすませる。

加瀬部が夏木と一緒に局に戻ったことに、上司や同僚はいたく感心していた。途中ずっと別行動だったことは黙っておいた。

「夏木」

帰ろうとする背中を局の外へ出たところで呼び止める。なかではあまりにも目立つし、聞かれていい話じゃないこともわかっているからだった。

「なにか？」

「ちょっと聞きたいことがある」

指先でちょいちょいと招いて呼びつけると、意外にも逆らわずにやってきた。かなり怪訝そうな顔をしているのはむしろ当然だろう。

二十二年前の記事をタブレット画面に出して見せると、夏木は黙ってそれに目を通した後、顔を上げた。

表情は凪いでいて動揺はまったく見られない。だが警戒の色がほんの少し混じった探るような目をしていた。

「これがなにか？」

「このリョウっていう六歳前後の子供、おまえだったりして？」

「は……？　熱でもあるのか？」

警戒の色はすでに消え、代わりに無関係なものを見聞きするような態度に変わった。それがかえって不自然だった。

「こないだケンって名前に反応してたよな？」

「なんのことだ。だいたい、どうしてそんな突拍子もない話になったんだ」

夏木は大きな溜め息をつき、ガードレールに腰掛けた。

さっきから退勤していく者たちがなにかとこちらを見ていく。特に調査課の面々は、かなり気にしつつも声はかけずに去って行った。

「十年前、正寿病院を訪ねて昔のことを知っている人物を教えてもらったんだろ？　で、紹介してもらった元看護師長に、この兄弟について聞いた」

「人違いだ。俺じゃない」

「二人とも、この子だって言ってたぞ」

スマートフォンで写真を見せると夏木は目を眇め、はっきりと大きく舌打ちした。

「消したんじゃなかったのか」

冷たい口調なわりに、怒りはまったくと言っていいほど感じられなかった。加瀬部が消していないことも織り込みずみだったのかもしれない。

「甘いな。案外素直とも言うが」

「そんなくだらない嘘をつかれるとは思わなかったんだ」

「ちょっとした出来心だろ。あんまり綺麗に撮れたからもったいなかったんだよ」

「ああ、そう」

会話を続ける意識も薄ければ、躍起になって画像を消させようとするわけでもない。投げやりにすら思える態度はおもしろくなかった。

「待ち受けにするか」

「ふざけるな」

「いや、わりと本気で」

「なお悪い。あんた、どこまで冗談なのかわかりにくいな」

かなりのところ本気なのは黙っておくことにした。見ているだけで楽しい顔というものが実際にあることを、加瀬部は生まれて初めて知った。

とりあえず意識を自分に戻すことに成功した加瀬部は、夏木をじっと見下ろした。

「で、話を戻すが……おまえがこの兄弟を捜す理由は？」

「だから俺じゃない」

「聖谷学院の制服着て、学生証まで見せておいて？」

残念ながら件の医師は訪問者の名前までは覚えていなかったが、学校名は間違いないと断言したのだ。これでも白を切ると言うならば、本人を病院まで引きずっていき医師に会わせてやろう、とも考えた。

夏木は数秒間黙り込み、大きな溜め息をついた。

「それ、仕事に関係してるのか？」

「いや。だから終業後に聞いたんだよ」

「あんたになんのメリットがあるって言うんだ？」

「メリットはないな。強いて言うなら、知りたいっていう欲求か」

「好奇心か。下世話だな」

吐き捨てるように言われても、さほど毒は感じない。

愛想もなければ笑顔も足りず、どこかお高くとまっているふうでもあるのに、彼の言葉や態度には毒がなかった。

現に加瀬部は少しも腹が立たないのだ。むしろこの態度を好ましく思っている。見上げてくる顔をあらためて見て、納得した。

ようするに気になるのだ。どうにも放っておけないし、知りたいと思うし、手を差し伸べたくなる。たとえ何度その手を叩き落とされても、加瀬部は取ってくれるまで差し出すかもしれない。

「話せ、協力してやる」

「協力……？」

加瀬部を見返す目に、確信した。凪いだような色のなかに、かすかに期待のそれが浮かんでいるのを見逃さなかった。

「その様子じゃ、ずっと捜してるんだろ？　もしかして各地を転々としているのも弟の手がかりを広範囲で調べるためじゃないのか？」

まだ確定したわけではないが、そう鎌をかけてみる。兄のリョウは夏木だと加瀬部のカンが告げているからだ。

表情も変えずに聞いていた夏木は、やがて小さく嘆息した。これは観念したということだろう。否定するだけ無駄だと諦めがついたのだ。

一度視線を外し、夏木はゆっくりと立ち上がった。

「場所を変えて欲しい」

「それがいいな。あー……あれだろ、絶対に聞き耳立てられないようなとこがいいよな」

「ああ」

「じゃ、うちに来るか。タクですぐだ」

戸籍調査局のビルは法務省とは少し離れている。省内に作る物理的な余裕はなかったし、業務内容の性質も考えて新たに建設されたのだ。用途未定で都合よく空いていた――あるいは政治の力で空けさせた廃校跡地だった。

加瀬部の住まいは局から歩いて三十分程度だ。普段はよほどの悪天候でもない限り歩いて通勤している。通勤電車が嫌いだからだ。

「わかった」

「おい、簡単に頷くなよ。警戒心はねぇのか」

「それはどっちに関して言ってるんだ？　協力を要請することか？　あんたの家に行くことか？」

「両方。俺が言うのもなんだが会って何日もたってねぇんだぞ」

調査官としてはまだしも、仕事を離れた加瀬部個人をそこまで信用しているとはとても思えなかった。時間がすべてとは言わないが、ある程度は重要なものだろう。協力要請にしても家に上がることにしても、完全にプライベートの範囲なのだ。

指摘されてようやく気付いたかのように、夏木は頷いた。

「そう言えばそうだったな。でもまぁ、協力を仰ぐという点では、元々お墨付きをもらってたんだ。むしろ折を見て相談しろ、くらいのニュアンスで」

「は？」

「家に行くことは……そうだな、事前にいろいろと話を聞き過ぎて会ったばかりという気がしないんだ。あんたは大丈夫だろうとも思ってる」

「なんかすげぇ気になることを言われた気もするんだが……そっちは後で確認する。おまえ、その見た目なんだから簡単に男の家に行くとか言うなよ」

「だからあんたは問題ないと判断した」

「言っとくが、おまえを抱けるかって言われたら普通に抱けるぞ。楽勝だ。っていうか、やらせてもらえるなら喜んでやる」

写真で見たときは美人だという印象しか抱かなかったが、実際に会って動く姿を見て言葉を交わすと、否定する気も起きないほど好みのタイプだった。肌も綺麗で身体付きもしなやかで、色気だってあふれんばかりにある。

告げた言葉は掛け値なしの本気だった。熱量だってそれなりに込めたし、夏木も感じ取れたはずなのだが、彼の反応は素っ気なかった。

「でも合意なしではしないだろう？　無理にやるほど不自由しているとは思えないし、俺のことが好きだとも思えない」

「概ね肯定してもいいが、後者に関してはわからん。惚れても不思議じゃないとは思ってる。むしろ時間の問題のような気もするな」

「……予告されたのは初めてだ」

目を細める夏木の表情に嫌悪の感情は乗っていなかった。困惑していないところや言葉尻から、言い寄られるのに慣れているのは間違いない。

珍しい生き物を見るような目をしているのは仕方ないのだろう。

「惚れっぽい質なのか？」

「いや。恋愛ってなんだっけ……くらい遠いな」

「なるほど。遊び人か」

「割り切った大人の関係と言え」

心外だと全身でアピールすることは忘れなかった。そういった布石を打とうと思うほどに、この予感は確信に近いものがあった。

加瀬部はけっして誰彼なく遊んでいるわけではない。恋愛感情はなくても好意はあるし、不特定多数でもなければ不倫関係でもない。相手に縛られたくはないが性的欲求は満たしたいという条件を受け入れる相手が、常時一人か二人いるだけだった。

聞いているのかいないのか、夏木はスマートフォンを取り出して軽く手を上げた。

「先にちょっと電話する。俺の一存で話していいことじゃないんだ」

「……なるほど」

少し離れた場所まで行って電話をかける様子を黙って見つめた。声は聞こえないが特に畏(かしこ)まったような態度ではなかった。

短い通話を終えて戻って来た夏木とタクシーに乗り込み、二年前から住んでいる家へ向かう。

加瀬部の戸籍調査官としてのキャリアはまだ五年ほどだ。入省してから一年後に海外へ行かされ、そこで研修という名の武者修行をさせられたからだ。官僚としての経験というよりも、荒事への対処が目的だったのは研修内容からして明らかだった。ようするに加瀬部は最初から現場で成果を上げることを期待されていたのだ。

常々疑問だったが、ようやくそれは明かされつつある。夏木と組むことが係長よりも上の指示だったことや、先ほどの「お墨付き」という言葉。そもそも研修も上の決定によるもので、拒否権がなかったのだ。

「何年も前からの仕込みか」

タクシーのなかで思わず呟くが、夏木はまったく反応しなかった。無視したというよりは、肯定の意味なのだろう。

道は少し混んでいて予定より時間がかかってしまったが、十分とかからずにマンションに着いた。駅からは遠く、幹線道路に面しているので静かな環境とは言いがたいが、加瀬部にとって条件は悪くなかった。静か過ぎるのは落ち着かないのだ。

「マンション……には見えないな」

「元はテナントビルだったんだとさ」

昭和の時代に建った四階建てのビルだが、リノベーションされているために見た目も室内もそれなりに綺麗だ。設備も新しくなっているために不自由はない。エレベーターがない上に日当たりが悪いため家賃が相場より安いのも魅力の一つでもある。周囲がうるさいのもマイナスポイントだと説明を受けたが加瀬部にはむしろプラスだった。

「そうなのか。見ただけじゃわからないな」

もともとビル自体が小さいので、ワンフロアに一戸というある意味贅沢な作りだ。間取りは広めのワンルームになっている。

ものは少ないほうだろう。自分が必要だと思うものしか置いていない。眠るためのベッドや寛ぐためのソファにはこだわったが、テレビやオーディオといったものはないし、絵も飾ってはいなかった。無駄に設備が整ったキッチンにはカウンターテーブルがついていたので、あらためてダイニングテーブルを買うこともしていない。

部屋に通すと夏木はぐるりと室内を見まわした。

「ずいぶんとすっきりした部屋だな」

「なんだ、いろいろ飾りたいタイプか」

「どうだろうな。やったことはないが、無駄なものを置くのは多分嫌いじゃない」

「へえ、意外だな。徹底的に無駄なものは省く合理主義者かと思ってたぜ」

「そんなことはない。あんたは合理主義者か？」

「まさか。インテリアは興味がねぇから揃えないだけだ。そこ、座ってろ」

ソファは三人掛けの大きなものだ。一人暮らしに不釣り合いな大きさなのは、ここで寝ることを想定したからだった。基本的にはベッドだが、飲んでそのままということもよくあった。

飲みものを用意しようとすると夏木に制止された。必要ないから話を進めろということだった。

「話を聞く前に確かめたいんだが」

「お墨付きの話か？」

「そうだ。予想はつくが……誰のお墨なんだ？」

「松川さんだ」

夏木は実にあっさりと答えを口にした。このあたりも先ほどの電話で許可が出ているのかもしれない。

「親父（おやじ）のほうだよな？」

「どちらも、かな。いま現場にいるのは息子のほうだし」

「確かに……」

これはますます数年前からの仕込みという線が濃厚だ。どうやら加瀬部は目をつけられ、何年もかけて能力や人格を観察され、夏木と組ませるに足る人間だと判断されたようだ。

複雑な気分だ。本来ならば気分が悪いと文句を言いたいところだが、夏木に好意を抱いてしまった後では、むしろ感謝したくなる。自分以外と夏木が組むのはおもしろくなかった。

「気味が悪いか？」

「正直に言えばな」

「だろうな」

「お眼鏡（めがね）に適ったたってのは、光栄って思わなくもねぇが……それにしたって、ずいぶんと過保護じゃないのか？」

「俺もそう思う」

夏木は無表情でひょいと肩をすくめるだけで苦笑すらこぼさない。どんな心情なのか、そこから推し量ることはできなかった。

「大事にされてるってことだろ」

「正直、赤の他人にどうしてそこまでしてくれるのか理解できない」

「おい……さらっと言ったな」

「いまさらだろう？　俺が松川の血縁じゃないって確信してたんじゃなかったのか？」

「してたけどさ」

　思わず突っ込んだのは夏木があまりにあっさりと言ったからだ。驚き半分、呆れ半分だった。当の本人はわかっていないのか、それともわかっていて空とぼけているのか、ただじっと加瀬部を見つめてくる。

「行き詰まってるんだ。あんたの嗅覚（きゅうかく）は並じゃないって聞いてたし、それに期待しようと思った。自分からバラす気はなかったが、知られたなら別だ。白々しいやりとりは、やるだけ無駄だ」

「ちょっと意外だな。絶対に他人になんて頼らねぇぜ、ってタイプかと思ったわ」

「利用できるものはするさ」

「ああ、納得」

　頼るのではなく利用してやるというスタンスは夏木によく似合っている。それを加瀬部に向かって口にする潔（いさぎよ）さがますます好みで笑みが漏（も）れた。

「なにに笑ってるんだ」

「いや。それで？」

「弟を捜している。だが二つ下だったことと、当時ケンと呼んでいたことしか覚えていない。夏木の籍を得る前の戸籍も、わからないしな。無戸籍だった可能性のほうが高いし」

「確定じゃないのか」

新聞記事には無戸籍者とあったし、元看護師長もそう言っていた。しかしながら当時夏木は六歳だったのだ。どこかに本来の戸籍があったとしても、それを知るすべはなかったはずだ。

「実の親は？」

「母は俺が五歳のとき……六歳の誕生日の少し前に死んだ。父親のことはあまり記憶にないが、俺が三歳のときまでは生きていたそうだ。父親はどこかいいところの出で、母親とは駆け落ちだったらしい。近所の連中がそう言っていた」

「なるほどな。病院に担ぎ込まれたのが六歳だったな。それまでは？」

「多分三ヵ月くらいだったんだと思うが、まわりの大人が面倒見てくれていた。病院に保護されて、施設に入ることになったあたりは聞いたか？」

「ああ。迎えが来る前に逃げ出したというのは本当か？」

「間違ってはいない」

曖昧（あいまい）な言い方だ。当人たちしか知らないことがあるのだろう。

「逃げた理由は？」

「迎えを待っているとき、一人の看護師が近づいてきて教えられたんだ。要約すると、これから行くところは虐待が横行しているという噂が絶えないが、事情があって自分たちは助けてやれない。でもなんとか努力してみるからそれまで希望を捨てずに待っていてくれ……こんな感じだったな」

細かいことは忘れてしまったのでニュアンスを拾って補足しているが、と夏木は断りを入れた。だとしても六歳当時のことをここまで記憶しているのはたいしたものだった。

「その看護師は本物か？　唆されてねぇか？」

「多分そうだったんだろうが、当時はそんなこと疑いもしなかった。いまとなっては確認のしようもないしな」

小児科病棟のアイドルだった彼らの元には、入れ替わり立ち替わり看護師が顔を出していたという。これは元看護師長からも聞いたことだ。親の付き添いがない彼らを案じる意味もあったのだろうが、それが裏目に出てしまったわけだ。あるいはそれを承知した上での作為的な行動だったのかもしれない。

「弟を連れて逃げ出した途端、捕まって車に押し込められた。で、川に捨てられたんだ」

「六歳と四歳の子供をか……」

思わず声が掠れていた。川に落ちて流されたこと自体がフェイクだと考えていたのに、実際は記事になった以上の惨いことが起きていたのだ。

本人の口から淡々と語られる事実に顔をしかめたくなった。どうしたらそんな残忍な真似ができるのか理解に苦しむ。

他人ごとのように冷めた目をしている夏木は、かえって痛々しく見えて仕方なかった。

「俺の後に弟も投げ込まれたのか、俺だけだったのか……それもわからない。ただその場では俺だけだったはずなんだ」

車から降ろされてすぐにドアが閉まったことを夏木ははっきりと覚えていると言う。口を手で塞がれて抱え込まれて、耳だけで車が走り去る音を聞いたらしい。

「待て。だったら目撃証言と矛盾するじゃねぇか」

「そうだな」

「そこは調べたか」

「なんとか当時の調書を見せてもらった。『兄弟が川に落ちた』と言った目撃者は三人いたが、全員の所在がつかめない」

それ自体は、いまの社会ではあり得ることだ。だからこそ戸籍調査官なんていうものができたのだし、成果も期待されているのだ。

だが事故ではなく事件だとなれば話は別だ。なにしろここには生き証人がいる。

「看護師も目撃者も、仕込まれたってことか。そこまでしておまえを殺す理由に心当たりは？」

「ない。考えられるのは、俺は不必要だったたってことだろうな」

「目的は弟」

「ああ」

強く言い切るその声に、そうであって欲しいという夏木の感情が込められているようだった。別の場所で捨てられた可能性はゼロではないし、そうでなかったとしても弟がどういった意味で必要とされたか定かではないのだ。

加瀬部は考え得るケースを一つ一つ潰していった。

人身売買だとしたら夏木を殺すのは不自然だ。この容姿に価値を見いださないはずがない。欲したのが臓器だとしても、兄弟は揃って健康であり、やはり夏木だけ捨てていくことはないだろう。二歳の年齢差はどうだろうか。なんらかの理由で四歳の男児が必要だとしても、あまりに手が込みすぎている。もっと簡単に攫(さら)えて足が付きにくい子供などいくらでもいるはずなのだ。

それでもなぜ弟だったのか、という疑問は残る。

父親が名家の出だとするならば、その家を特定した上で実家に身代金を要求した……というのも考えられない話ではない。その場合は、より小さく扱いやすい四歳児だけを残したことも考えられるが、やはり少し無理があった。

弟だけに価値があると考えた者——。

「おまえはどう考えてる?」

「……子供の頃に近所のばあさんが言ってたんだが、俺たちが住み着くようになった頃、母はケンを妊娠中だったそうだ。俺は母によく似ていて、ケンは父に似ていた」

「つまり?」

「俺とケンは異父兄弟の可能性が高い」

「ああ……」

すとんと腑に落ちて、思わず溜め息のような声が出た。それならば納得できることがいくつもあったからだ。

父親の生家の者にしろ、それをターゲットにした誘拐犯にしろ、夏木に用はないのだ。ただし納得できない部分もある。確実に殺すのならば川に投げ込む必要もないし、わざわざ目撃者をでっち上げる必要もないはずだった。

「あくまで事故として、兄弟揃って死んだことにしたかったっていうのは身代金目的の誘拐じゃねぇな」

目的の弟以外を邪魔だと感じた上で事件の発覚を防ぐためだとしても、そこまで手間暇をかけるわけがない。車中で夏木を殺して見つかりにくい場所へ遺棄すればいいだけだ。そもそも金が欲しくて誘拐事件を起こしたならば夏木を売ればよかった。誘拐の目的が怨恨という線もないではないが、その場合は偽装工作が無意味だ。恨みを晴らすならば、死んだことを——もっと言えば死体を見せつけなくては意味がない。

「それらしい遺体は出てないんだな?」

「記録に残ってる限りでは」

「ま、その記録も当てにはならねぇが……おまえがこうして別人としてここにいるくらいだからな」

皮肉を言ったつもりはなかったが、夏木は嘆息して「確かに」と呟いた。

「ただし俺の場合は、保護プログラムの意味もあったんだ」

「なるほどな」

必要なことだったのは理解できた。なにしろ六歳の身で、明らかな殺意を向けられたのだ。状況的にも相手がなんらかの力を持っていることは間違いなく、ただ匿(かくま)うだけでは危険だと判断されたのだろう。

「俺を助けたのが、いまの父親だ。松川さんとは母方の従兄弟(いとこ)なんだ」

「なるほどな」

「そういう縁もあって、夏木の両親が俺を子供として受け入れてくれた。といっても、一緒に暮らしたのは最初の数年だけだったな。いまは年に一回会う程度だ」

海外赴任中だった夏木夫妻には子供がおらず、数年単位で海外を転々としていたのも都合がよかった。夏木涼弥という名を与えられた彼は日本を離れて教育を受け、十年たってから帰国子女としてふたたび戻って来たのだ。

「実の親のことで、なにか覚えてることは？」

「名前くらいだが、これも微妙なんだ。父は『コウ』で、母は『アヤ』と呼ばれていたらしい。本名かどうかもわからないし、母に関しては戸籍があるかどうかも」

「まぁ、無戸籍にはよくある話だな。あの病院に担ぎ込まれたってことは、あれか……おまえたちが住んでたのは上野木（かみのぎ）あたりか」

「ああ」

すでに消えた町の名を告げると、夏木は目を細めて頷いた。そこに潜む感情はまったく読むことができなかった。

かつて無戸籍者が多く住みつく町が日本中にいくつかあった。上野木もその一つだったが、十数年前に一斉摘発が入り、多くの住民が元の籍に戻ったり新しい戸籍を与えられたりしている。夏木が住んでいたのはそれよりもずっと前だ。

「そうか。元の住人に話を聞こうにも、行方がわからないのか」

「町も再開発が入ったしな」

大きなショッピングモールやアミューズメント施設ができ、古い建物は次々と真新しいものへと変わり、町の人間はもちろん町名までもが変わってしまった。昔の建物は一部はあるが、そういったところに住み続けているのは元から戸籍があった者たちだ。夏木の知り合いではないのだろう。

「だいたい把握した。松川親子からの寵愛は謎のままだけどな」

「それは俺もわからない」

「寵愛は否定しねぇのか」

「気に入られてるらしいのは確かだな」

あくまで夏木自身にも理解できないことのようだ。六歳当時はもちろん人道的な意味だったのだろうが、帰国後に関しては夏木の容姿が容姿だけについ邪推してしまう。

「どっちかの愛人、ってわけじゃねぇよな？　まさか親子で……」

「だとしたら、とんでもないスキャンダルだな」

最後まで言わせることなく夏木は冷たい声を出した。この手の冗談を好まないだけなのか、あるいは図星を指したのか。

いずれにしても追及するつもりはなかった。どうであろうと、加瀬部にとって大きな違いはない。後者であろうとも、過去のことにしてしまえばいいだけだ。

そんな考えを持った自分につい笑ってしまった。思っていたより、夏木にのめり込んでいるらしい。こんな感覚は初めてだった。

「なにがおかしい」

「いや、いろいろ知らないことがあるもんだと思ってな」

「は？」

「俺の話だよ。ま、それはいい。事情はわかったから、俺のほうでも調べてみるわ。信頼には応えねえとな」

大船に乗った気持ちで……と言おうとしたら、冷たい声を浴びせかけられた。

「信頼した覚えはないし、さして期待もしていない」

「しろよ。信用してないくせに、デカい秘密話したのか？　与党の大物が戸籍弄ってたなんて、大スキャンダルだぞ」

「保護プログラムだと言っただろう。違法じゃない。それと、信頼はしていないが信用はしてる。俺じゃなくて、松川親子が」

「おまえはどうなんだよ」

可愛くない口をどうにかしてやろうか。そんな気持ちがむくむくと湧いてきたが、さらに信用をなくしそうなので今日のところは引き下がることにした。

夏木は少し考え、ふっと息をついた。

「会ったばかりの相手に信用もなにもないな」

「ま、道理だな。よし、じゃあ信用を得られるように頑張りますか。弟を捜し出して、『ありがとうございました加瀬部さん。格好いい抱いて』って言わせてやるからな」

「前半だけなら何回だって言ってやる。見つけ出せたらな」

挑発のつもりはなかったらしいが、その瞬間に火が付いた。ここまでやる気になったのは、調査官になって初めてのことだった。


かつての上野木町は、沓原（くつはら）というまったく違う名前で結構な賑わいを見せている。戦前に使われていた町名をわざわざ復活させてまで、マイナスイメージのついた名を捨てたかったようだ。

出先から直帰となった加瀬部は、自宅へは帰らずに沓原に来ていた。夏木とはいつものように別行動だ。仕事でも、いまのようにプライベートでもだ。顔を合わせるのは、一日の始まりに課内でのみだった。

夏木についての調査は予定よりは進んでいない。これは単純に時間が取れないためだ。戸籍偽装に関する外部からの情報提供数がここのところ跳ね上がっており、その処理に各調査官は追われている。これは戸籍局発足以来、初めてのケースだった。

駅前の賑やかな通りを抜けると、正寿病院が見えた。白くそびえ立つ建物は、離れていてもよく目立っている。

この周辺はすべて夏木が聞いてまわったそうだ。十年前帰国してすぐと、東京に戻ってきてからの二度にわたり彼なりに調べたようだ。しかし当時の住人はわずかで、夏木の家族を知っている者はいなかった。

加瀬部は沓原と隣接する、開発の手がまだ伸びていない地区へ向かった。

「これはこれで問題だよな」

十分も歩かないうちに、外国人の姿が目に付くようになる。不法滞在の者もかなりいそうだ。上野木から逃げてこちらに移り住んだ無戸籍者や、戸籍を得てもこの界隈（かいわい）から離れたくなかった者が一定数いると聞くが、あらたに流入してきた者の多くはやはり後ろ暗いところがある者のようだった。

歩いているだけで雑多な視線が絡みついてきた。遠慮がなく不躾（ぶしつけ）なそれは、見慣れない人間への好奇心や警戒はもちろん、値踏みや獲物としての観察の意味も大いに含まれていた。

実際に手を出してくるような者はいまのところいない。加瀬部の体格や雰囲気が慎重にさせているのだろう。

こんな場所に来たのには当然意味がある。加瀬部の情報源の一つに、元ブローカーの男がいるのだが、そこから興味深い噂を聞いたのだ。

この界隈に夏木とおぼしき人物が連日出没しているらしい。夏木涼弥という名はいっさい聞こえてこないが、外見の特徴と印象が一致している。現れるようになった時期もあっていた。

ようするに今日は様子を見に来たのだった。おそらく今日も仕事の後、夏木がここへ来るだろうと。ついでに手土産も一つあった。

裏通りの両側には飲み屋が建ち並び、けばけばしい色の立て看板も多く見られる。安さに惹かれて来るのか会社員の姿もちらほらあった。今日は夕方から風が冷たくなっていて、寒そうにアウターの襟を立てている者も目につく。

なにを言っているのかわからない叫び声が聞こえた。

酔っ払いは見た目も声もひどくうるさくできている。まっすぐ歩けず連れの手を煩わせている酔客や、店から漏れ聞こえてくる調子っ外れの歌。特に後者には我知らず苦笑してしまう。本人はさぞ気持ちよく歌っているのだろうが。

そんな喧噪のなか、加瀬部は独特の空気を感じ取った。

音そのものではなく、あくまで気配だ。比較的近くでトラブルが起きているようだ。揉めごとの匂いと言ってもいい。

迷うことなくそちらに向かって歩き出す。

車一台がようやく通れる程度の通りから、さらに狭い路地へと足を踏み入れると、すぐそこで揉みあうようにして重なる人影があった。

「さすが俺」

思わず口を突いて出た言葉は、予想外に響いて聞こえた。

途端に男たちがこちらを見た。大柄で顔立ちの濃い短髪の男と、髪の色を抜いて金髪に近い色にした中肉中背の男。その二人に挟まれるようにして顔をしかめているのは、薄暗い路地にあっても鮮やかな印象の夏木だった。

驚いている様子はなかった。ただ不本意そうに加瀬部を見ている。

「よう、半日ぶりだな」

「お疲れ。成果は？」

「そいつを報告してやろうと思ってさ」

「早いな」

夏木は手前の男の横をすり抜けようとして、太い腕に阻まれた。壁に手を突いたまま、男は加瀬部を睨み付ける。

「報告とやらは明日にして、とっとと帰んな」

「いやいや急ぐんだよ。ああ、でもその前に一つ聞いておこうかな。あんた、本籍地は？」

「は？」

「だから戸籍に載ってる住所はどちらですか、と聞いてる」

言いながら戸籍調査官の身分証を見せるのと、男たちがさっと顔色を変えるのは同時で、ついでに加瀬部と夏木が動くのもほとんど同時だった。

逃げようと動き出す前に、加瀬部は大柄な男の腕を捻りあげて押さえ込む。退路を確保するために夏木を突き飛ばそうとした男は、その腕を取られてそのまま地面に組み伏せられた。

今回もまったく無駄のない綺麗な動きだった。

二人組はやはり無戸籍者だったようだ。おそらく不法滞在者の子供なのだろう。

「放せよ！　戸籍はちゃんとあるって……！」

「だったら逃げる必要ねぇだろうが。あー、あれか。違法で手に入れたくちか」

「……」

「ま、どっちでもいいさ。今日は摘発が目的じゃねぇんだ。いい子で質問に答えてくれたら、見逃してやるよ」

軽い口調を作って笑みを浮かべると、二人して探るような目をして見上げてきた。あっさり信じるほど彼らは暢気(のんき)に暮らしてはいないだろうから当然の反応だ。

夏木は静観を決めたようだ。ただし押さえつける腕や脚からは力を抜いていない。

「最近うちへのタレコミが多いんだが、なんか心当たりねぇか？　おまえらのネットワークで、それっぽい噂とか」

「……本当に見逃してくれるのか？」

口を開いたのは夏木が押さえているほうだった。見た目の印象とは逆に、主導権を握っているのは大柄なほうではないらしい。

加瀬部は大柄なほうを放してやり、突き飛ばすように路地の外へ出した。前金のようなものだと理解したのか、もう一人は嘆息した。

もちろん路地の外へ出したからといって意識を外したりはしない。いつ襲いかかってくるかわかったものではないからだ。

なかなか話し出そうとしない男に焦れたのか、夏木が捻りあげた腕をさらに押し込む。小さく呻く声が聞こえた。

「短気だなおまえ」

「そんなんじゃない。時間を無駄にしたくないだけだ」

「どう違うんだよそれは。なぁ、こいつが短気起こして腕折られる前に言ったほうがいいぞ」

「折る気はない。少しばかり腱がいかれる程度だ」

「なんだ、安心したぜ」

にこりとも笑わない夏木の分まで笑顔を上乗せし、しゃがんで目線をあわせる。促す意味で首を傾げてやると、男はがっくりと項垂(うなだ)れた。

「詳しいことは知らないんだ。けど、あちこちでやたらと無戸籍者の噂が飛びまわってて……しかも具体的に店の名前とか町名とか、挙がってて……」

「思い当たる節は？」

「わかんねぇ……本当だって！　夏の終わりくらいから、急に……」

必死に言い募(つの)る男を見下ろしながら、そうだろうなと納得する。こんな連中に詳細がつかめるような流れではないのだろう。

「ふーん。ところでさ、おまえいくつだ？」

「に……二十六……」

「ずっとこのへんか？」

「いや、ここには五年くらい前に来た」

「あいつも？」

路地の入り口で立ち尽くしている男を親指でさすと、目の前の男は大きく頷いた。

「だいたい、同じくらいだ」

「あ、そう。わかった、もういいよ」

加瀬部の言葉を受けて夏木がぱっと手を放すと、男は前に倒れ込んで慌てて手を突いた。だが一方の手だけだ。後ろで捻りあげられていたほうは、それからゆっくりと元に戻された。かなり痛そうだった。

小さく舌打ちをして、男は痛む腕をさすりながら逃げていく。悪態をつかなかったことは褒めてやろうと思った。

二人きりになった路地に飲み屋街の喧噪が聞こえてくる。相変わらず酔っ払いが数人で騒いでいるおかげで、こちらのやりとりを気にした者はいないだろう。

「メシ食ったか？」

「は？　いや……」

「じゃあ食いながら話そうぜ。駅まで行けば、なんでもあるだろ」

「歩きながらじゃだめなのか」

「まぁまぁ。歓迎会代わりに奢ってやるから。あ、そのうち課でやりそうな勢いだから覚悟しとけよ。一部でかなり盛り上がってる」

これまで送別会は係の単位でやっていたが、歓迎会は聞いたことがない。まして課で広くやろうなどとは下心が透けているにもほどがあった。

夏木は溜め息を返しただけで拒否の言葉はなかったし、別の方向に歩いて行こうともしなかった。

おとなしく隣を歩いている。

「で、さっきのあれは絡まれてたのか？」

「もう五秒遅かったら、殴ってたかもしれない」

「よくあるのか？」

「このあたりに来ると大抵は」

うんざりした口調で吐き出しつつ、表情にはさほど変化はなかった。

この見た目ならば当然かと納得する。すらりとした細身のシルエットはとても強そうには見えず、たやすく思い通りにできそうな気にさせるからだ。

実際に彼はパワー系ではないだろう。ウエイトもなく、特別力が強いわけでもない。だが力の入れどころを心得ているのは少し見ただけでもわかった。

「なんか苦手な食いもんはあるか？」

「特にない」

「嘘つくな。おまえ絶対好き嫌い多いタイプだろ。ほら、恥ずかしがらずに言えって」

「誰も恥ずかしがってない。好きじゃなくても食べられるからな」

そのくらいは誰にでもあると夏木は言い返した。相変わらず変なところで意地を張ると言おうか、負けん気を発揮してくる。

「やっぱあるんだな。で？」

「……ピーマン」

「かわっ……」

とっさに出た言葉を途中で飲み込んでみたものの、夏木は眉根を寄せて少しだけ早足になった。さすがに「可愛い」は不愉快らしい。

フォローはしないほうがいいと判断し、駅近くの居酒屋に入った。全席個室という謳い文句を見て決めた。

店内は思っていたよりも洒落ており、想像していた居酒屋の雰囲気ではなかった。通されたのは二人用の個室で、向かい合う形ではなく斜めに隣り合って座るソファ席だった。まるでカップルシートのようだ。

夏木は特に思うところはないようで、さっさと座ってメニューを広げた。

適当につまむものと酒を頼んだ後は、料理が出そろうまで当たり障りのない話をした。もっともしゃべるのは専ら加瀬部で、夏木はおざなりな返事をするばかりだったが。

ハイボールで口を湿らせると、夏木は視線で本題を促した。

「昼間な、元看護師長にもう一回電話して話を聞いたんだよ」

「なにか思い出したことでも？」

「いや、残念ながらそれはなかった。ただ当時の職員を紹介してもらってな」

「それなら俺も紹介してもらったが……」

もちろんそこも夏木から話を聞いているし、加瀬部も先日話を聞いてみた。その結果は芳しくなく、ならばとふたたびトライしてみたのだった。

「前に聞いたのは、この三人だろ？　そこから繋がってて、合計七人に聞いた。それと、まだあの病院にいる四人と」

「ああ」

メモした名前を見せると、すべて記憶しているのか夏木は一瞥しただけで軽く頷いた。

「今日聞いたのは、また別だ。押し入れの整理をしてたら年賀状が出てきたんだと。印象が薄い看護師で、すっかり忘れてたそうだ。年賀状自体十年以上も前のなんで、とっくにその住所にはいなかったんだが、なんとかいまの勤め先を突き止めてアポを取った。明日、行くだろ？」

情報は根気とタイミングも大事だと加瀬部は思っている。今回のように、一度聞いただけでは永遠に手に入らなかっただろう情報もあるのだ。

夏木は箸を止め、まじまじと加瀬部を見つめていた。

やがてその箸を揃えて置いて、ゆるゆると息を吐き出した。

「本当に優秀なんだな……素直に感心した」

「まだなにもわかっちゃいねぇけどな」

「それでも完全に手詰まりだった状態と比べたら……」

「おまえはな、荒っぽいんだよ。これは調査官としての指摘と忠告だ。おまえのやり方はゴリ押しがひでぇ。もっと丁寧に根気よくやれ」

夏木は調査官としてきちんと成果は上げているが、調査対象によって得手不得手があるというのが加瀬部の印象だ。

嗅覚は鋭いから、後ろ暗いところがある人物を嗅ぎ分けることには長けているし、それらの口を割らせることは得意だ。しかしそうでない相手から話を聞き出すのはあまり上手くないのだ。一度話を聞くと、なかなか二度目のトライをしない傾向もある。

だから自分の素性に関しては、かけた時間にかかわらず調査は進展しなかったのだろう。

「日を開けてトライするべきだし、雑談なんかもしながら切っ掛けを作るのも手だ」

「雑談……」

「まぁ、苦手そうだよな」

「努力はしてみる」

「俺とやってくうちに慣れて行けばいいんじゃねぇか？　せっかくのバディなんだしな」

夏木は加瀬部をまじまじと見つめた後、神妙な顔で頷いた。あえて使ったバディという言葉も否定はしなかった。

「惚れそうか？」

頰杖（ほおづえ）を突いてにやにやと笑いながら問いかけてみる。反応を見て、今後のアプローチ方法を決めようと目論（もくろ）んでいた。

一瞬鼻白んだように見えた夏木は、口に入れた刺身を飲み込んでから澄ました顔で言った。

「可能性はあるんじゃないか」

「何パーセントくらい？」

「いまは三十パーセントくらいかな」

「お、意外と高いな」

かなりいい数字だと率直に思った。出会ってから間もないこと、夏木が一目惚れをしなさそうなことを考えれば、十分な評価ではないだろうか。

「ただし乱高下するかもしれない」

「蓄積するんじゃねぇのかよ」

「当たり前だ」

夏木は鼻で笑ってグラスを傾ける。

こくりと動く喉にたまらなく欲情した自分に、加瀬部は密かに笑みをこぼした。

調査官の休日は基本的に週二日だ。基本的というのは、担当している件の状況次第では休みを返上することもあるせいだ。もちろん落ち着いた後で代替えはある。

夏木が来て最初の休みは、約束した通り一緒に行動することになった。そのためにあえて詳細は伝えなかった。名前や所在を教えたら、夏木は間違いなく一人で会いに行っただろう。

「お休みのところをすみません」

待ち合わせの店に現れた女性は、今日は午後からの勤務だということで十時の待ち合わせに応じてくれた。夏木たち兄弟が入院していた当時は二十五歳だったという。

「いいえ。でも驚きました。まさか、あの子たちのことをいまになって聞かれるなんて……」

「そうですよね」

彼女にはこちらの身分を明かし、彼らの祖父を名乗る人物が現れたという理由で話を聞いている。これは仕事のときでもよく使う手だ。例外はもちろんあるが、身内の情に訴えると協力的になるケースが多いのだ。

「とても可愛い子たちで、ケンくんは元気だけど甘えんぼで、お兄ちゃんにべったりで、自分のベッドがあるのにいつもリョウくんのベッドにいましたよ」

「当時、身内はいっさい現れなかったんですね？」

「はい」

「退院当日のことで、なにか覚えていることはありませんか？」

ここからが本題だが、なに食わぬ顔で問いを重ねていく。彼女は少し視線を遠くにやり、必死で思い出そうとしているようだった。

「ちょうどあの日は午後からの勤務で……それでも見送りはしようと思って早めに家を出たんですけど、病院に着いたらもう二人はいなくて騒ぎになってたんです」

「迎えに来た施設のことで、なにか噂のようなものはありましたか？」

「いえ、記憶にないです。すみません。もう二十年以上前のことですから自信がなくて……ご連絡いただいてから、ずっと考えてはみたんですけど、たいしたことは思い出せなかったんです」

「ということは、なにかあるんですよね？　なんでもいいんです。どんな些細なことでも」

威圧感を与えないように物理的な距離は保ったまま、口調にだけほんの少し熱を入れる。隣で夏木は小さく頷くという援護をしていた。

「本当にどうでもいいようなことなんですよ」

「かまいません」

彼女がためらいがちなのは、自分の情報が取るに足りないと思っているからだ。それを口にすることで加瀬部たちを失望させたり呆れさせたりするのが嫌なのだ。

さっきからしゃべっているのは加瀬部だけだ。夏木は最初に名乗った後は加瀬部の言葉に乗じて頭を下げるくらいしかしていなかった。

「その……ケンくんが言ってたことなんですけどね。昨日、食事の支度をしていて思い出したんです。加瀬部さんも、食事や口癖で覚えていることがあれば、っておっしゃってたし……。それであの子、炊き込みご飯のことを『塩気のごはん』って言っていたなぁ、って」

苦笑まじりの言葉を耳にした途端、隣で夏木が小さく息を飲むのがわかった。向かいにいる女性には聞こえないほどの小さな音が聞こえた。

表情はまったくと言っていいほど変わっていなかった。

「それは、あまり聞き慣れない言い方ですね」

「ええ。そう思って聞き返したら、きょとんして『そうだよ、食べたことないの？』って。きっと、お母さんかお父さんがそう呼んでいたんでしょうけど……。ごめんなさい。本当に、そのくらいなんです」

申し訳なさそうに眉尻を下げる彼女に、雑談を交えていくつか問いかけをしてみたが、残念ながらそれ以上記憶を触発されることはなかった。

だが収穫はあった。取るに足らないと彼女は思っているようだが、加瀬部にとっては十分な収穫だった。

礼を言って彼女を送り出し、車に戻りながら並んで歩く夏木を見やった。

「なんか思い出したか」

「……言われるまで忘れていた。確かに、うちではああ呼んでた」

弟は炊き込みご飯が好物だったが、夏木はさほどでもなかったのだという。その後、夏木夫妻と海外で生活しているうちに記憶の底に押し込められてしまったようだ。

夏木がどこか茫洋としているのは、必死で記憶の引き出しを探っているためだろう。加瀬部が促すままにおとなしく助手席に座ったのも心ここにあらずだからだ。

シートに座ると夏木はすぐにスマートフォンで検索を始めた。

「長野……」

目的の言葉は、比較的すぐに見つかったらしい。

「ほかの地域でも使ってないか調べるわ。おまえはもっと場所を絞れ」

返事はないがタップする指は止まっていない。加瀬部もタブレットを取り出し、同じように検索をかけてみる。

しばらく無言で調べてみるが、他県での使用例を見つけることはできなかった。やがて夏木が無言で画面を見せてきた。

思ったより広い地域ではなかったようだ。

「南部か……よし。じゃ、こっちの検索をかけるか」

局のデータベースにＩＤを使ってアクセスし、「リョウ」と「アヤ」で地域を限定して検索してみる。

これは全国の戸籍情報が閲覧できるシステムだ。ただし現段階では名前と生年月日と親子兄弟関係、そして本籍地しか見られない。これ以上の情報を見るのは正式な手続きを踏んで許可を得なくてはならないのだ。仕事ではないので、これは難しいことだった。

地域を限定しない検索はすでにトライしたのだが、あまりにも大量に出てきたために諦めたのだ。ちなみに父親である「コウ」を入れた結果はすでに年齢的にあうものがないのを確認している。弟に関しては上野木で生まれたことを鑑み、夏木の弟としての戸籍はないものと考えた。

「おまえの家族が、戸籍とはまったく関係ない名前で呼び合ってたならお手上げだけどな」

さらに年齢を入れて絞った検索結果を一つ一つ見ていく。いつの間にか夏木も覗き込んできていた。

生死を問わず年齢だけで該当するものをピックアップしていく。母親の名に「アヤ」が、息子の名に「リョウ」が入っているものだ。

まず息子は二十六歳から三十歳とした。入院していた兄弟は自ら歳（とし）を言ったというが、一応誤差を考慮したのだ。そして母親は四十二歳以上で見ている。

該当するのは三件あった。ここからは本籍地の自治体に問い合わせることになる。現住所などが載る附票(ふひょう)まではデータベース化されていないのだ。

「このなかにあるといいんだがな」

「そうだな」

「ま、当たれば御の字だ。なにかの理由で住んでただけで本籍地は別って可能性もあるだろうし、方言だってどっかで影響受けただけかもしれないからな。もしかしたら親父のほうかもしれねぇし」

「ああ」

らしくもなく予防線を張った自分に笑いたくなった。決して自己弁護のためではない。期待が外れたときの夏木の落胆が気になって仕方なかったためだ。

加瀬部がここまで他人を気遣うことはまずない。なかなか新鮮な気分だった。

夏木が電話で問い合わせをしているあいだに、加瀬部はパーキングから車を出した。時間はまだ十二時前で、明日も休みだ。だったら取るべき行動は決まっている。

一件目の問い合わせは空振りに終わり、夏木が二件目の担当者と話し始めた頃、車は首都高速道路に入った。

隣からもの言いたげな視線が飛んでくるが、無視して車を走らせる。

二件目の電話が終わると、夏木は聞こえよがしに溜め息をついた。

「念のために聞くが、どこへ向かってる？」

「目的地は未定だ。とりあえず中央道に入る」

「行く気か」

「明日も休みだしな。予定はないだろ？」

返事の代わりに舌打ちが聞こえ、思わずほくそ笑む。文句が出ないということは異論はないのだろう。むしろ彼にとって都合のいい展開に戸惑っているのかもしれない。

「……せっかくの休みに、いいのか」

「いいからしてる。仕事でもないのに嫌なことはしねぇよ」

「そうか」

心なしか声の調子が柔らかいような気がしたが、一瞬だけ視線をやって見た限り、表情はいつも通りだった。近寄りがたいほどの綺麗な横顔だった。

「三件目、かけてみろよ。二つとも違ったんだろ？」

「ああ。母親の本籍地と居住地がずっと変わっていないからな。戸籍が売られて別人がなりすましてる、っていうのはなさそうだ」

「そうか」

夏木はあえて本命を残したらしい。三件目の母親には離婚歴があったからで、彼の考える母親の経歴にマッチしたためだろう。

「三件とも外れだったら引き返すのか？」

「いや、行くだけ行ってみるさ。三時間くらいで着くし、なにかつかめるだろ」

「本当にもの好きだな」

呆れ気味の呟きに、笑って応える。なにか言いたそうな気配は感じたが、すぐに意識を切り替えたのか三件目に電話を始めた。

切り出し方は前の二つと同じだ。まずはこちらの素性を知らせ、調査官としてのコードナンバーを告げて登録してある電話番号からだと確認させる。

数年前にやっと確率したシステムだ。これによって遠方の役所でも電話での問い合わせが可能になった。

今回は仕事外の問い合わせなのだが、この程度ならば局にもバレないだろう。仕事で確認が必要になったと言えばなんとでもなる。結局見当違いだったことにすればいいのだ。

親子の名前を告げてしばらくすると、担当者が最後の居住地を教えてきたらしく、すぐに今度はそちらの役所に電話をした。

夏木の声がわずかに上ずったのは、それから間もなくだった。

「何年前からですか？」

これは当たりらしいと加瀬部は目を細める。道が空いていたらアクセルを踏み込んでいたところだ。やがて電話を切った夏木は、スマートフォンを握ったまま大きく溜め息をついた。そうして加瀬部に顔を向けた。

「多分、これだ。母親の名前は宮下綾佳。息子は涼……今年で二十八歳になる計算だし矛盾はない。最後の住所は東京の町田市だった。二十六年前から、納税が止まってる」

「あー、じゃそっち行くか？」

「いや。引っ越してたったの一ヵ月で所在不明になっているし……ちょっと待ってくれ」

言いながらスマートフォンでなにか調べものをすると、小さく息をついてかぶりを振った。このまま走っていいようだ。

「最後の居住地あたりに再開発でも入ったか？」

「ビジネスホテルが建ってる。開業して二十年だ。当時の住人を探すのは難しいな」

「長野で手がかりがなかったら行ってみるか。案外古い喫茶店とか食堂とか、残ってるかもしれねぇしな」

あるいは土地の持ち主を辿れば、なにかわかるかもしれない。ただしそれは本籍地へ行った後でいいだろう。

「それはそうと……一緒に暮らしてた父親は実の父親じゃないってことになるな」

「ああ」

離婚した時期を考えても、やはり弟とは父親が違いそうだ。その事実を夏木は冷静に受け止めているように見えた。

「実の父親のほうは？」

「ああ……そうだな、一応確認してみる。もしかしたら、なにか知っているかもしれないし」

まったく動かない表情にも平坦な声にも感情らしきものは乗っていなかった。実父に対する気持ちは感じられず、ただ情報源として捉えているようにさえ思えた。彼にとって一番大事になのは生きているかもしれない弟で、次が亡くなった母親と「コウ」という名の父親なのだろう。実父の存在はさほど重要なものではないのだ。

しばらくして、夏木は溜め息をついた。

「一応まだ、生きてるな。再婚して姓が変わってるが……」

「婿養子に入ったってことか」

「ああ」

「ま、長野から戻ったら話を聞いてみようぜ。俺一人で行ってもいいけどな」

夏木は返事の代わりに小さく嘆息すると窓の外へと視線を投げる。いろいろと思うところはあるのだろう。

そっとしておいてやろうという気遣いで黙っていたら、それから一時間以上も会話がなかったことにはさすがに苦笑してしまった。


宮下綾佳と息子の涼の本籍地は、片田舎の小さな町の一角にあった。市役所や駅からも近く、かなり寂れてはいるが商店街があり、個人経営の店にまじってチェーン店もちらほら見えた。

パーキングを見つけて車を停め、歩いて戸籍に掲載された住所を探した。到着したのは三時少し前だった。

「さすがに腹が減ったな」

途中どこにも寄らずに来たのだ。加瀬部としてはサービスエリアで食事を取ってもよかったのだが、夏木の気が急いているのが見て取れたので空気を読んでノンストップを選んだ。

目的の住所地は更地になっていた。ちょうど二件隣に年季が入った喫茶店があったので、情報収集がてら軽食でも取ろうということになった。

ドアを開けるとカランとドアベルが鳴った。カウンター席には老人が一人でコーヒーを飲みながらテレビを見ており、奥の席では作業服を着た中年男性と青年が遅いランチを取っていた。カウンターのなかにいるのは六十代くらいの女性で、店の者は彼女だけのようだ。店の規模からして一人でも十分なのだろう。

「いらっしゃい。どうぞ好きなところに座って」

入り口近くの席に向かい合って座り、テーブル脇のスタンドに立てかけてあるメニューを見た。それほど品数は多くないが、食事メニューもあった。ナポリタンやミートソースなどのパスタ類と、カレーやピラフといったご飯もの、それからパンを使ったメニューがいくつか。だいたい予想通りだ。ドリンクも奇をてらったものはない。

「俺はこのエビピラフとコーヒー、おまえどうする？」

「……ピザトーストと紅茶」

「コーヒーと紅茶は食後でいい？」

「そうですね」

水とおしぼりを持って来た店主に、それぞれの注文を告げる。愛想がいいのか馴れ馴れしいのか微妙なラインの店主は、ぞんざいな言葉遣いでオーダーを確認して戻っていった。

店内を見まわし、かなり古い店だと確信する。壁紙も綺麗だし、よく掃除が行き届いていて汚くはないが、十年やそこらの店ではないだろう。むしろ四十年か五十年はたっていそうだ。

「昭和レトロってやつか」

いまどきのカフェやコーヒーショップより落ち着いていいと加瀬部はゆったり椅子に背を預けた。

こういうところは店主や常連客がなにかとおしゃべりで、仕事のときも大いに役立つのだが、プライベートでは来たことがない。仕事の面でプラスな部分は、プライベートだとマイナスになりかねないからだ。

具材を切る音が聞こえてきて、どうやら業務用の冷凍食品ではないらしいと判断する。

やがてトースターが焼き上がりを告げるチンという音を響かせた。なかなかいい香りもしている。

店主がピザトーストとピラフを同時に運んできて、ごゆっくりと告げて戻っていった。

「美味そうだな」

ピラフと銘打っているが実際には焼きめしだ。細かいこだわりは持っていないのでどうでもよかったが。

夏木は熱々のピザトーストに齧(かじ)りつき、小さく「あちっ」と呟いて口を離した。

可愛い。普段の彼とは違って妙に幼く見える。

思ってもいなかった反応に、加瀬部はスプーンを口に運ぶ寸前で止まってしまった。そのまま水を飲んで舌を冷やす様をまじまじと見つめた。

視線に気付いたのか夏木が顔を上げ、ムッと顔をしかめた。

「猫舌か」

「違う」

先日一緒に取った夕食を思い出し、なるほどそうかと納得する。思えば熱そうな料理は、後まわしにしていたような気がする。

軽く頷いていると、若干据わった目で睨まれた。

だんだんと感情がよく見えるようになってきた。慣れてくると明け透けになるのか、それなりの信頼を寄せつつあるのかは不明だったが。

ちょうど食べ終わる頃、店主はコーヒーを運んできた。

ドリップで煎れたコーヒーは香りがよく、ここまでは期待以上だった。夏木の前に置かれたのもティーサーバーと砂時計で、思っていたよりもちゃんとしている。

「お客さんたちはどこから？　東京？」

「ええ」

「お仕事で？」

伝票をテーブルに置いてからも店主は下がろうとはしなかった。ずっと話しかけたくてうずうずしていたのだろう。

「仕事の帰りですよ。時間があったんで、一般道を走ってみようかって話になって」

「あら、なんのお仕事？」

躊躇もなく聞こうとするのは予想の範囲内だ。聞き込みをしていればこの手のタイプにはよく遭遇する。

「戸籍調査官です」

「えー！」

隠す意味はないと加瀬部は考えている。むしろスーツ姿でもない自分たちでは、この界隈に仕事で来たというのは無理があるからだ。だったら正直に言ってしまったほうが話も切り出しやすい。

加瀬部の言葉に食いついたのは店主だけでなく客もだった。

「お兄ちゃんたちコチョウかね」

「うわー初めて会った。そうか戸籍調査官か」

「都市伝説じゃないんすね」

戸籍局は主要都市にしか置かれていないため、しばしばこういうことが起きる。ときどきテレビドラマの題材になるおかげで知名度はあるのだが、警察官ほど身近ではないのが実情なのだ。コチョウという呼び方も、ドラマの影響で広まった。

もっとも私服の刑事に話を聞かれる機会も多いとは言えないから、刑事に関しては戸籍調査官と似たようなものかもしれない。

「てっきり芸能人かなにかだと思ったわよ。二人とも……あら？」

店主は夏木を見て、急に口をつぐんだ。伏し目がちだった夏木が、ある意図をもってあえて顔を上げたからだ。

「なにか？」

「やだ、ちょっと……ねぇ、あんたのお母さんってここの出……っていうことはない？　名前、綾佳とか？」

「いえ、違いますけど」

夏木はまったく動揺することなく、むしろ怪訝そうな表情まで作っている。さすがは何校も潜入しただけのことはあると思った。

あくまで無関係を装う夏木だったが、店主は納得しようとはしなかった。

「だったら親戚……」

「でもないですよ」

「そう？　でも……あ、ねぇ小林くん、あんた綾ちゃんと同級生じゃなかった？　ほら、宮下さんとこの綾ちゃんよ」

「あー、まぁ幼稚園から高校まで一緒だったけど」

「ちょっとこっち来て。この子、綾ちゃんそっくりなのよ」

奥に座っていた作業服の男は呼びつけられるままにやってきて、夏木と顔を見合わせた。そして大きく目を瞠った。

「に……似てる……」

「ね？　綺麗な顔しとるわ。綾ちゃんも評判の美人さんだったからねぇ。あんた、本当に綾ちゃんの親戚とかじゃないの？」

「長野に親戚はいませんね。宮下という姓も親戚にはいませんし」

「その綾佳さんというのは……？」

良い流れだと思いながら加瀬部は口を挟んだ。

「二軒隣に空き地があったでしょ。あそこに動物病院があったんだけど、そこの娘さんなの。高校卒業して東京の大学に行ってね」

「向こうでデキ婚したんだよな。で、わりとすぐ離婚して」

同級生だという男が話に入ってきた。

「ああ、そうそう。大学も中退しちゃったのよ。相手も大学生で。宮下さん、よくぼやいてた」

「最後にこっち来たのは……あれか、親父さんが亡くなったとき？」

「確かそう。子連れで帰ってきて、あのときはあたしが赤ちゃん見てたのよ。そりゃあもう可愛い男の子でねぇ……。いまどうしてるのかしらね」

「同窓会の連絡しようとしたけど、わかんなかったって聞いたな」

「ねぇ、そういうの調べられないの？」

期待に満ちた目で見つめられて加瀬部は苦笑した。

戸籍調査官の仕事を正確に理解している者ばかりではない。なかには日々人捜しをしていると思っている者もいるのだ。この店主もそのタイプで、戸籍調査官を探偵のようなものだと勘違いしていそうだった。

まさにいま調べている最中なのだとはとても言えない。苦笑はそういった意味もあった。

「可能ですが、理由なしでは動けないんですよ。それにどうしても重要案件から手を付けることになりますしね」

「そうなの……」

店主は気落ちした様子で溜め息をつくと、重なるようにして同級生があっと声を上げた。

「そう言えば前に宮下のこと調べに来たやつがいたよ」

「ん？　それうちにも聞きに来たな」

カウンターの老人は数軒先で理髪店を営んでいたらしい。三年ほど前に引退して店を閉めたのだという。

「そうなの？　あたしは知らないよ」

「あー、確かママが入院して、店ずっと閉めてたときだよ」

「そんなこともあったわねぇ」

なかなか聞き捨てならない情報が出てきた。夏木も大いに気になっているようだが、自分で切り込んでいくつもりはないようだった。目がそう言っていた。

「調べに来たっていうのは、うちじゃないんですよね？」

「違うよ、探偵だった。身辺調査みたいなこと言ってたから……あのときの息子が大きくなって結婚でも考えてて、相手の家が雇ったのかと思ってたよ」

いまどこでなにしてるんだろうねと、同級生の男と店主はしみじみと呟いた。視線が遠いのは昔を懐かしんでいるからだろう。

それを黙って眺める夏木はなにを思っているのか。聞いてみたくもあったが、実際に口にするのは野暮というものだろう。


喫茶店を出る頃には、外はもう真っ暗になっていた。結局閉店の五時まで彼らは店にいて、雑談を交えながらいろいろな話を聞いていたのだ。

収穫はそれなりにあった。探偵が宮下綾佳のことを聞きに来たのが六年前の五月だったとわかったことと、綾佳の結婚相手に関することくらいだ。

そして写真が手に入ったことの意味は小さくなかった。宮下家は父親が亡くなった後すぐに売却されたが、綾佳は多くの私物を残したまま音信不通になってしまったため、取り壊しの際に店主が形見になりそうなものを預かって保管していた。そのなかに綾佳と前夫が一緒に写ったものがあった。

赤の他人を装っていたため、現物は持って来られなかったが、隙を見て加瀬部はその写真を撮影した。幼い頃の夏木が写っているものもあると聞き、似ているならば見たいなどと上手く乗せてそれも撮影した。

「計らずも『涼』の字はあってたわけだ。オメデトウ」

「……どうも」

「問題は誰がなんのために探偵を雇ったか……だな」

「ああ」

夏木はいつにも増して口数が少なくなっていた。加瀬部同様の疑問を抱き、思索の海に沈んでいるのだろう。

加瀬部はインターチェンジに向かうことなく一般道を走っているが、ずっと考え込んでいる夏木は気付いていない。

数十分走り、車が止まってサイドブレーキがかかったことで夏木はようやく顔を上げた。

「……どういうつもりなんだ？」

目の前に建っているのは旅館だ。和風の佇まいや抑え気味の照明がいい雰囲気を醸し出していて、大型の温泉旅館とは一線を画している。値段もそれなりだ。

「いまから三時間かけて帰りたくない」

「だったら運転を代わる」

「俺以外には運転させたくねぇんだよな」

さらりと嘘がついて出た。加瀬部は車に愛着を持たないタイプで、選ぶときでさえ条件を言ってディーラーに任せてしまう。色ですら汚れが目立たないことを優先しているくらいだった。メンテナンスは定期的にしているものの、業者任せで自分ではしない。

従って他人にハンドルを握らせたくない、などというのは大嘘だった。

夏木は小さく舌打ちをした。

「いまからだと高速バスしかないかもな。名古屋(なごや)まわりって手もある。バス停までは送ってやってもいいけど？」

あえて揶揄(やゆ)する口調を作り、夏木の反応を待った。暗がりでも睨み付けてくるのがわかり、やがて盛大な溜め息が聞こえた。

「面倒くさい」

「だろ？　心配すんな、宿代くらい出してやる」

「いい。高くつきそうだ」

夏木は腹が決まると潔くシートベルトを外して外へ出た。日が落ちてぐっと気温は下がり、少し寒そうに見えた。

歩き出そうとした夏木は、ふと思いついたように加瀬部を振り返った。

「急に部屋が取れるのか？」

「実はさっき予約した」

「は……？　いつの間に……」

「店でタブレット弄ってたろ。あのときだ」

いまにも舌打ちしそうな夏木の反応を楽しみながら、加瀬部は上機嫌で車のトランクを開けた。なかには旅行バッグが入っている。

バッグには二泊できる程度の着替えや必要なものが詰めてある。仕事で遠出をしたときのための備えだ。

「用意周到だな」

「備えあれば……って言うだろ。ついでに言うと、毛布やシュラフなんかも入ってる。水や携帯食料もな」

「キャンプでもするつもりか」

「というかサバイバルだな。前にさ、借りた車が山んなかで故障して、ひどい目にあったんだよ」

おかげで車の性能とメンテナンスには神経を使うようになった。そして他人の車は借りないことに決めている。ただしレンタカーは別だ。名の知れた会社ならば、の前提ではあるが。

「……なるほど」

まさかの答えだったらしく、夏木は鼻白んだ様子で黙って後をついてくる。

滞りなくチェックインをすませ、仲居に案内されるあいだ夏木は無言だった。強引にことを進めたのだからこれは仕方ないだろう。

部屋は二間続きで広く、寝室は畳にツインベッドという作りになっていた。宿自体の歴史は古そうだが近年改装したようだ。

一通りの説明をして茶を煎れると、仲居は静かに退室していった。食事は一番遅い時間にしてもらった。

「なかなかいい部屋だよな」

「思いつきで泊まるようなところじゃないだろう」

を誘う。

「露天風呂付きだぞ」

「……人の話を聞け」

夏木は大きな溜め息をつき、仲居が煎れた茶を飲んだ。熱さを警戒して慎重に飲んでいるのが笑みを誘う。

外を見る振りをして窓ガラスに映る夏木を見つめた。そのまま観察を続けようと思っていたのに、茶菓子に手を伸ばすのを見て黙っていられなくなった。

「いま食うなよ。あと一時間でメシだぞ」

「……ああ」

「ガキか。おまえ、実は甘いもん好きだな？」

コーヒーも紅茶もノンシュガーだし、目の前で甘いものを食べる姿はまだ見ていないが、菓子に手を伸ばしたときの嬉しそうな様子は見逃さなかった。

「腹が空いただけだ」

「昼メシ食ったの三時だぞ」

「パンなんかもう消化した」

「おまえなぁ……」

これは負けず嫌いの一種なのだろうかと笑いが漏れた。妙に素直だったり変な意地を張ったりと、反応が読めなくておもしろくて仕方ない。無視することだってできるだろうに、結構な割合で返してくるのが可愛いところだった。

ちらりと時計を見て、夏木はテレビのリモコンに手を伸ばした。ちょうど各局がニュース番組を流している時間帯だ。

これといって大きなニュースもないようだ。画面はキー局の映像からローカル局へと切り替わり、平和そうな地元の話題が取り上げられている。

「風呂でも入るか？」

「後でいい」

「なんだよ、つれないな」

甘く響くように囁(ささや)くと、夏木はわずかに目を瞠った。そしてすぐに目を眇め、普段よりいくぶん声を低くした。

「それ……まさか一緒に入るつもりで言ったのか」

「当然だろ？」

「ありえない」

「なんでだよ。男同士だろー？」

「俺を見る目がいやらしい男が言っても説得力がない」

一応気付いていたようだ。なにも言わないどころか反応も見せないから、少し心配になってきたところだった。

なにしろ加瀬部は意図的に、そういった視線を送っていたのだ。夏木に気があることを忘れて欲しくなかったからだ。

まっすぐに目を見て、加瀬部はにやりと笑った。

「そりゃあ、いやらしいことしたいと思ってるからな」

「堂々としてるな」

夏木は呆れてまた溜め息をつく。動揺するでも怒るでもなく、加瀬部に目をやらないまま追い払うようにひらひらと手を振った。

一人で風呂に行けと言いたいらしい。

「残念。じゃお先に」

「どうぞ」

「下着は予備があるから後でやるよ。新品だから安心……いや、あれか、サイズがあわねぇな。おまえ、尻小さいもんな」

「いまどきあり得ないくらいストレートなセクハラだな」

無表情で放たれた言葉には、しかしながら棘はなかった。最初から怒ることはないだろうと思っていたが、取るに足らないことだと感じているのならばそれもまた不本意だ。

「セクハラねぇ」

「自覚なしか」

「いや、多分おまえにしか言わねぇと思う」

「ふぅん」

白けた様子の夏木に対して溜め息をつき、加瀬部は仕方なく一人で風呂へ向かう。

視線が追ってくることはなかった。

「脈ありだとは思うんだけどねぇ……」

岩風呂に入って手足を投げ出し、雲一つない外を見上げた。近くの明かりで期待したほど星は見えないが、それでも東京よりはずっと星の数は多い。

ちらりと窓ガラス越しに室内を見ると、夏木はテレビをぼんやりと眺めていた。いまは七時台のニュースをやっている。バラエティ番組に興味はないようだ。

後ろ姿でも十分にその姿は鑑賞に値した。背中から腰へのラインが色っぽいし、先ほど指摘した小さな尻は非常にそそる。

やはり星よりも夏木を見ていたほうが楽しい。じっと眺めていると、夏木が不意に振り返った。

目が合った途端に顔をしかめ、すぐさま視線を逸らした。だが今度は意識がこちらに向いているのがわかる。見られていることに気付いて、向こうも加瀬部を意識したのだ。

我知らず口の端が上がっていた。

「無視しきれねぇとこが、可愛いんだよな……」

呟きは到底届くはずもないのに言った瞬間に夏木はふたたび振り返り、目が合うとそのまま立ち上がった。そうして広縁と部屋とを仕切る障子をぴしゃりと閉めた。


食事は期待通りに見た目も味もよく、品数も豊富だった。先付けから始まって水菓子まで、料亭のように少しずつ運ばれてきたおかげで冷め切った料理ばかりということもなかった。

二人で日本酒の二合瓶を頼み、そのほとんどを加瀬部が飲んでしまった。夏木は飲めるものの、さほど酒が好きというわけではないようだ。

見もしないテレビをつけたまま食べ、さりげなく夏木を観察した。

箸の持ち方や食べ方がとても綺麗なのは、夏木の家の教育なのだろうか。それとも本当の親の躾なのか。

無戸籍者とはいえ、外からわからないだけで普通の家庭のように暮らしている者は大勢いる。かつての夏木たち親子もそうだったらしい。ただ子供たちは学校へ行くことなく、親も正規雇用を受けられないというだけで。

カラリと音がして、夏木が風呂から上がったのがわかった。扉越しの気配に気を取られ、目の前に並ぶ情報に意識がいかない。

ドライヤーの音が聞こえてくる。あの髪に触れたらどんな手触りだろうかと、邪（よこしま）な気持ちばかりが頭を支配した。

いよいよ重症だ。この感情が恋愛感情なのか、ただの好意に性欲が付随しているだけのものなのか、加瀬部自身にもよくわかっていない。この歳になってそのあたりの判断を付けられずにいるとは自分でも笑ってしまった。

「そうか、ある意味ビギナーだったな……」

恋人がいたことは何度かある。告白と申し込みは常に相手からで、付き合ってもいいかと思えるような好意を相手に抱けば頷いてきた。

だがいずれも長続きはしなかった。浮気をしたことはなかったが、素っ気ない加瀬部の態度に相手は不満を抱き、怒り、疲弊（ひへい）し、去って行ったからだ。

確かに恋人をなによりも優先する、というタイプではなかった。自分から連絡をすることもなかったし、仕事に就いてからはそちらに重きを置いていた。警察官と違って急な呼び出しは滅多にないが、それでも何度かデート中に仕事へ行ったことはあるし、キャンセルを食らわせたこともある。ひどく扱った覚えはないが、大事にしたかと問われたら頷けない付き合い方だった。

ここ何年かは恋人さえいない。自分には恋愛は向かないのだと遅まきながら自覚したからだ。相手が結婚を求めてくることが続いたせいもあった。ようするに面倒くさくなったのだ。

自らの恋愛を振り返ってみると、そこに強い気持ちがなかったことに気がついた。好きだとは思ったが、執着も熱もなかったように思う。

付き合う相手は世間一般の基準で美人と言われる相手ばかりだったはずだ。性格だって悪くなかった。多少わがままな女はいたが可愛らしいものだったし、拗ねたり怒ったりするのは加瀬部が原因でもあったから彼女たちに問題があったとも思っていない。

この歳になって気がついた。加瀬部は本気で人を好きになったことがなかったのだ。ビギナーもいいところだった。

「なにを一人で笑ってるんだ？」

気持ち悪いぞと、綺麗な顔で暴言を吐いて夏木は加瀬部の向かいに座った。脱衣所から出てきたことに気付かないほど考えに没頭してしまっていた。

「別に。風呂、よかったろ」

「まぁ……」

「ビール飲むか？」

「いらない」

まだ飲んでいるのかといわんばかりの顔をし、夏木はコップに冷水を注いで一気に飲んだ。

喉が動く様をじっと見ていると今度は怪訝そうな顔をする。

「なぁ、聞いていいか？」

「内容による」

「そうだよな。いや、ちょっと確かめておきたいことがあってな。おまえ……処女？」

我ながらストレートかつ不躾な質問だと思った。同僚にこんなことを言ったら間違いなくセクハラだし、いまがプライベートだからといって許されるものでもない。

夏木には怒る権利があったが表情はぴくりとも動かず、代わりに蔑むような冷たい視線が突き刺さってきた。

「返答によって、なにか変わるのか？」

「変わるな」

「へぇ」

「初めてなら、二割増しくらいで優しくしねぇと」

指を二本立ててそう言ってからもう一本増やしてみる。

「優しくしてもらう予定はないが」

「俺にはある」

「は……」

思わずといったように笑い出す、その案外幼く見える顔が、どうしようもなく加瀬部の心をかき乱した。

もっと、いろいろな表情が見てみたい。無防備な寝顔も、快楽に溺れて蕩けきった顔も——。

抗えないほどの欲望も同時に膨れあがり、それを抑えるために冷えたビールを一気に呷った。当然そんなもので治まるものではなかったが。

「やっぱりあんた、おもしろいな」

「そうか？」

「男に処女だの非処女だのと言うのは根本的に間違っていると思うが、あんたの聞きたい意味で言うなら、あいにく処女じゃない」

「ああ……うん」

まぁそうだろうと納得した。この手のカンは外したことがない。夏木の見た目や雰囲気からして男が放っておくはずもないが、それでなくとも感じ取ってはいたのだ。おそらく継続的に、何年にもわたっての関係だろう。不特定多数という感じではない。

自分が初めての男になり得ないという事実を、少しだけ惜しいと思ってしまった。この美貌で手つかずはないだろうが、本人がどうしても男に抱かれたくないという意志があるならばあるいは、とも思ったからだ。

「それで？」

「いや、もう一つ聞きたいことがな。ま、答えたくなかったらそれでいい。すでにセクハラって言えば、その通りなんでついでだ」

「わかってて聞くのか」

「確かめたいんだよ。おまえに関する噂のなかに、これは違うなってのがいくつかあってさ。そのうちの一つなんだ」

「ああ……もしかして、俺が身体で情報を取ってきてる……とか、そういう？」

鼻で笑うところをみると、これまでにもさんざん言われてきたのだろう。直接言う者はそうそういないはずだが、陰で囁かれていることは承知しているのだ。

だから加瀬部はことさら軽い口調を作った。

「それそれ。違うだろ？」

「違うな。状況提供者と寝たことはない。というか仕事でセックスしたことはない」

「必要ねぇもんな」

「え？」

きょとんとした様子がなんとも無防備だった。だんだんと彼の張り詰めたような空気が緩みつつあるのを実感する。

可愛くて、つい手を伸ばしたくなった。

「おまえならそんなことまでしなくても情報取れる、って話。ま、その顔を有効活用したりはしてるんだろうけどな。俺もだし」

使えるものを使わない手はないと加瀬部は思っている。だが自分を安売りするつもりもなかった。どこで線を引くかは各自の見解によるだろうが、夏木と自分のそれは近いはずだった。

にやりと笑うと、夏木はじっと加瀬部を見つめた。

「変わった男だな」

「そうか？」

「つかみどころがない」

「言うほどじゃねぇよ。かなり単純にできてるんだぜ」

「とてもそうは見えない」

座卓に肘を乗せ、夏木は少し身を乗り出した。彼の美しい顔は入浴のせいで普段よりも上気しているし、シャツで隠されていた首もともずいぶんとあらわだ。

この湯上がりの浴衣姿というのが非情に目の毒だった。匂い立つような色香が加瀬部をひどく惑わせる。

「シンプルで、チョロいんだよ。おまえに欲情して、いまにも襲っちまいそうなくらいだ」

「へぇ」

反応はきわめて希薄だったが、それでも気が削がれることはなかった。むしろこういう反応こそがこの男らしいと思った。

余裕でもないし、蔑んでいるわけでもない。ただ冷静に受け止めているに過ぎないのだ。

「ちなみに相手は恋人か？　セフレ？」

「どっちでもない」

「は？」

「もちろん合意の上での関係だ。俺には目的があったし、向こうは……なんだろうな。義務感みたいなものか」

最後のほうは独り言に近くなっていて、視線もわずかにだが遠くなっていた。だが懐かしむような色はなかった。まるで他人のことを語るような俯瞰(ふかん)的なものだった。

「義務ねぇ」

「でももうずいぶん前のことだ」

「ずいぶん、ってのは？」

「少なくともこの五年以上前の話だ」

「相手、相当年上だろ」

なんの根拠もないことを堂々と告げると、夏木は猫のように目を細めた。

「なぜそう思う」

「なんとなく」

「あんた、厄介な男だな」

否定的な言葉とは裏腹に声や表情にマイナスの感情はない。むしろ加瀬部を見つめる様子は蠱惑的でさえある。

手を伸ばして腕をつかんでも振り払われることはなかった。

そのまま座卓を横に押しやって夏木を引き寄せ、畳の上に押し倒した。

抵抗はなかった。ただ静かに見上げてくるだけの夏木を、加瀬部は複雑な思いで見つめることになった。

「なんでおとなしいんだよ」

「ここで暴れたら、どっちも無傷じゃすまない」

「は？」

実は夏木もその気があった、などという甘い想像をしていたわけではない。ないが、こんな理由だとも思っていなかった。

呆気にとられて見つめていると、夏木は冷静に続けた。

「お互いケガをするのは得策じゃないと言ってる」

「だからって簡単にやられようとするなよ」

押し倒しておいて言うことではないと自分でも思った。思ったが、あまりに静かに受け入れようとする夏木に、どうしても言いたくなってしまった。

「初めてでもないし、あんたなら危険なことはないだろうからな。これでも相手は選ぶ。使い古しの身体でもいいなら使えばいい」

それは自らを卑下している、という感じには聞こえなかった。ひたすら客観的にそう見ているのか、あるいは露悪的なもの言いをあえて選んだのか。

おそらく後者だ。

「言っとくが、それくらいじゃ萎えねぇからな。処女性にはこだわってないんだ。仮におまえが噂通りのビッチでも別にって感じだ」

「自分にないものは相手にも求めない？」

「価値観の問題だな。あー、でもいま、重大な局面を迎えちゃいるんだが……」

独り言に近い呟きを聞いて、夏木は怪訝そうな様子を見せた。当然の反応だ。こいつはなにを言っているんだと目が語っている。

のしかかったまま話すのもどうかと思い、夏木の手を引いて身体を起こした。だがつかんだ肩から手を離すことはしなかった。

夏木がなにを考えてその手を振り払わないのかを問うことはしない。あえてなのか単純に気にしていないのか、どちらでもよかった。

「俺はさ、昔から異様にもてたわけだ」

「自慢か」

「事実なんだからしょうがねぇだろ。で、そんなわけだから黙ってても女が寄ってくる。そのなかから、いいなと思えば付き合ったりしてたんだよ。あ、ちゃんと恋人としてだぞ。気に入った女を食いまくってたとかじゃねぇからな」

このあたりは強く主張しておいた。不誠実な遊び人のレッテルを貼られるのは本意ではない。別に自分の名誉などはどうでもいいが、夏木との仲を進展させるには不利になりかねないからだ。

夏木はわずかに首を傾げた。

「あんたの『ちゃんと』の定義がわからないんだが」

「相手は一人、浮気はしねぇ、当然ＤＶなんかもない。だな」

「それは最低限のことじゃないのか？」

むしろ当たり前のことだという夏木の主張はもっともだった。そして彼がごく真っ当な恋愛感を持っていることもわかった。

「そうなんだよな。相手にとって俺は『いい彼氏』じゃなかったらしい。なにしろ俺から連絡したり誘ったりってことは、いっさいしなかったからな」

「……この話、まだ続くのか？」

夏木はすでに飽きているらしく、視線が明後日の方向へいっていた。時計を見て、それから寝室のベッドを見た。もう寝ようとしているのかもしれない。

その小さな顔を手で自分のほうへと引き戻すと、咎めるように目が細くなった。

「いまこうして俺が自分から積極的に関わってるのはどうしてか、って話だよ」

「俺に答えを求めてるのか？」

「俺の答えは出てるんだよ。どうも初めて本気で惚れたらしい。だからかまいたいし、なんでもしてやりたいし、確実につかまえたいと思ってる」

色気もムードもない告白になったが、どうせ夏木もそんなものは求めていないだろうからかまわないだろう。彼は流されて受け入れるようなタイプではない。

照れる様子も恥じらうそぶりもみせず、夏木はただじっと加瀬部を見つめる。

やがて彼は、本当にわずかに笑みを浮かべた。

「悪いが応える気はない」

「理由は？」

想定内の答えに対し、すかさず問いを突きつけた。否定材料をなんとしても潰そうと思うくらい加瀬部は必死だった。

「恋愛している余裕はないし、付き合う必要も感じない。すべての時間は弟を見つけることに使いたいと思ってる」

「俺が嫌いだとか範疇外だとかいう理由じゃないんだな？」

「ああ」

「わりと俺のことは気に入ってるだろ？」

「……そうだな」

考えたのはほんの一瞬だった。あっさりと返された肯定に熱はなかったが、ごくわずかにだが確かに欲の色が感じられた。

その程度には興味を抱かれているのだろう。

酔った頭と身体が、夏木の色に強く反応していた。ただでさえ色香に惑わされていたのに、止まるどころか勢いが増していく。

「しようぜ。気持ちいいことは嫌いじゃねぇだろ？」

「その聞き方だったら、嫌いじゃないと答えるしかないだろう」

夏木は大きな溜め息をついた。

薄い肩から力が抜けて、視線が迷うように少しだけ動いた。迷っているのか、なにかしらの計算が働いているのか、しばらく考えた後で彼はまっすぐ目を合わせてきた。

「俺はなにもしないが、それでもいいなら好きにすれば」

「おー好きにするわ」

言質は取った。夏木は一度言ったからには並大抵のことでは撤回しないだろう。したら負けだと考えるタイプだ。

抱き寄せて顎を掬っても、顔色一つ変えない。抵抗しない代わりに反応もしないという意思表示なのかもしれない。

思わず笑みがこぼれた。ならば強引に反応を引き出してしまえばいいのだ。

「ちなみにキスは？」

「好きにしていいと言った」

「撤回すんなよ」

釘を刺してから唇をあわせ、唇を舐めて、啄む。薄いその唇はかさつくこともなく柔らかで、ひどく甘く感じた。

夏木が応じることはなかったが、やはりここでも逃げはしなかった。絡める舌を、ただ受け止めていた。

ときおりぴくりと、舌先や肌が震える。

なにもしないとは言っていたが、それは感じないことと同義語ではないらしい。だったら身体から落としていけばいいだけだ。

キスしながら夏木を抱き上げ、ベッドへ運ぶ。それなりに身長はある夏木だが、体重は見た目から想像していたように標準には足りていなかった。かといってガリガリに痩せているわけでもない。

帯を解いて浴衣の前を寛げると、無駄のない身体があらわになった。薄い身体だが筋肉は必要なだけついており、腰の細さがひどくそそる。

美しい身体だと思った。柔らかさなど微塵もないものの、しなやかで艶めかしい。

「色が白いな」

顔や手を見ていて十分にわかっていたことだが、こうして隠されていた部分も見るとあらためて感心してしまう。傷跡のようなものもなかった。

「感想はいい」

ぷいっと横を向く様子が存外幼く見えて笑みを誘う。褒め言葉など聞き飽きているのかと思っていたが、実はそうでもないのかもしれない。赤の他人から言われるのはともかく、深く付き合っていた相手はあまりそういうことを言わなかったのだろう。

　行為自体に緊張感は抱いていないが、加瀬部の言葉には少なからず落ち着かないものを感じているようだった。

「痕つけてもいいか？」

「服で隠れるところなら」

　てっきり拒否するとばかり思っていたのに、条件付きながら許可を出してくる。意外性にまた興が乗った。

　丁寧にキスを落とし、滑らかな肌に痕を残していく。白い肌はおもしろいように赤い痕が浮き上がり、コントラストがたまらなく扇情的だった。

　ことを急ぐつもりはない。夏木に「やりたいだけ」だと思われるのも、自分本位なセックスをする男だと判断されるのもごめんだった。

　首を舐め上げ、胸を指先で軽く撫(な)でると、それだけでびくりと肌が震えた。

　感じやすい身体をしていることは、続けて胸を責めていくうちにはっきりした。歯を立て、舌先で転がしてやれば、抑えきれずに声がこぼれた。

「胸弄られんの、好きなのか」

問いかけは無視され、ならばと執拗に胸ばかりを弄りまわした。返事の代わりに喘ぎ声を引き出してやるつもりだった。

「んっ……」

軽く嚙むと夏木はびくんと震えて小さく呻くような声を上げる。

肌は徐々に上気して色づき、しっとりと汗ばんできた。小さく柔らかだった乳首がぷっくりと立ち上がり、弄られて赤くなり、唾液で濡れそぼる様はたまらなく卑猥だ。

「ぁ……あっ」

鼻にかかった声が甘く耳をくすぐる。

耐えるようにきつく閉じられた目や寄せられた形の良い眉、そして薄く開いた唇から覗く舌は加瀬部の官能を刺激してやまなかった。

胸をしゃぶりながら身体の線をなぞり、辿りついた最奥に指で触れる。せつなげな吐息が漏れて、意識して夏木が身体の力を抜くのがわかった。

男の受け入れ方を身体が覚えているのだ。胸の奥がチリッと焦げるのを感じだが、気付かないふりで濡らした指を差し入れていく。

いささか性急になったことも深くは考えないようにした。

「う、んっ……」

数年ぶりということもあるのだろうが、そこはきつく異物を拒み、本人が言うほど使っているようには思えなかった。

ただ身体自体は慣れているのだとわかる反応だった。なにかを入れられることに対する心理的な抵抗を感じられない。

夏木は反応すまいとしているようだが、指の動きに腰が自然と揺れてしまっている。

媚態に当てられつつも、おもしろくないと感じている自分がいた。そのことに加瀬部は心底驚いてしまった。

相手の経験や過去にはこだわらない。それは本心だったはずなのに、こんなにも感情を揺さぶられている。

身体中にキスをしながら、湧き上がる感情をぶつけるように後ろを弄った。気がつけば夏木をベッドに運んでからかなりの時間がたっていた。

「あっ……も……しつこいっ」

「丁寧って言ってくれ」

「いいから、っ……もう入れろ」

色気のない言いぐさなのに、声が甘く掠れているせいで、たまらなく扇情的に響く。強がっているのが可愛くて仕方なかった。

もっと虐めてやりたくなってしまう。

こんな性癖はなかったはずだ。夏木に出会ってから、次々と新たな自分が引き出されていくのが楽しくてたまらなかった。

「好きにしろって言ったのはおまえだろ」

「あぁっ……」

指を大きく動かせば、濡れた音が夏木の声に重なって聞こえた。

熱く柔らかな内部を確かめるように指を動かしていく。

ふいに細い腰が跳ね上がり、悲鳴じみた声が聞こえた。見つけたその場所を執拗に責め、同時に胸の尖りを軽く噛んでやる。

後ろが締まるのを指で感じて、この身体を作った誰かにまた嫉妬した。

同時に芽生えたのは、笑ってしまうほど稚拙な対抗心だった。夏木を自分の色に染め、身体を自分好みに作り変えてやりたくなった。

「あっ、ぁあ」

腰を捩り立てて乱れる様も、汗ばんで紅潮する白い肌も、シーツをつかむ指先も、どれもが暴力的なほど淫靡で、それでいながら美しかった。

快楽に追い立てられて歪む顔すら綺麗なのは反則だ。このまま泣かせてぐちゃぐちゃにしてしまい

たくなる。

びくびくと跳ねる身体を押さえつけ、それでも絶頂までは導かずに指を抜いた。

すべてを見ていたくて、仰向けのまま細長い脚を抱え込む。

受け入れることを知っている身体は、ゆっくりと加瀬部を飲み込みながら小さく震えた。感じているのか、小さくこぼれる呻き声も甘さを含んでいた。

「ん、ぁ……余裕が……ない、な」

夏木はうっすらと目を開け、そう言って笑った。ぞくぞくするほどの妖艶さが加瀬部を煽り立て、挑発してくる。

「言ってろ」

確かに少し余裕はなかった。だがこの後は時間をかけて、逆に夏木の余裕を奪ってやろうと心に決める。その程度の経験はあるつもりだ。

「あ、ぁぁ……」

ゆっくりと腰を引いていくと、形のいい眉がひそめられる。穿つたびに濡れた声を上げ、次第に蕩けた顔になっていくのを見るのはたまらなかった。

シーツの上をさまよっていた手が、縋るものを求めるように加瀬部の腕に触れた。

閉じていた目が開いて、視線がぶつかる。欲を孕んで潤むその目につかまりそうになり、とっさに唇を重ねて舌を絡めにいった。

なかをかきまわし、胸を弄って、こぼれる喘ぎをキスで飲み込む。

同時にいくつも弱いところを責めていけば、敏感な身体はたやすく溺れて夏木の意志を塗りつぶしていった。

主導権を握った加瀬部は最後までそれを離すことはなかった。


息苦しさに目を開けたとき、最初に見たのは人形のような美しい顔だった。

無表情のそれが、ふっと笑みを浮かべた途端、よくできた人形は血の通った人間になった。寝起きにそんなことを思った。

心地よい眠りから引き戻してくれたのは夏木の手のひらだった。加瀬部の鼻と口を覆っていたのだ。

加瀬部が起きたというのに手を外そうとはしないので強制的に外させる。ようやく息ができるようになった。

腕のなかにいる夏木を、外した手をつかんだまま軽く睨め付ける。故意に作った険しい表情は、寝起きのせいで迫力など微塵もないだろう。

「殺人未遂の現行犯だな」

「殺意はなかった」

「じゃあなんだ」

「目覚まし？」

ずいぶんと物騒な目覚ましもあったものだ。夏木の頭には声をかけるとか軽く触れるかといった穏便な方法はなかったらしい。

「もっと優しく起こせねぇのか」

「昨夜の仕返しだ」

「仕返し？　身に覚えがねぇ」

これ以上ないほど優しく抱いたつもりだし、夏木が痛がっていた様子はなかった。これは思い込みではない。仮に痛ければ夏木はそう主張する人間だ。この件に関し、加瀬部を慮るだとか気を遣うだとかいった真似をするはずがないのだ。

潔白を訴えると、夏木は信じられないものを見るような目をした。

「本気で言ってるのか」

「なんでだよ。気持ちよかったろ？」

よくなかったとは言わせない。そういう意味を込めて抱いたままだった腰をぐっと引き寄せると、夏木はムスッとして目を眇めた。

だが浴衣越しに触れている身体はおとなしく腕に収まったままだ。腕からも布団からも出て行こうとはしない。

「がっつき過ぎだ。いい歳して、やりたい盛りのガキか。それとも発情期の獣かなにかか」

ぶつけられたクレームは一部認めるし、納得もした。

確かに昨夜は少しばかり我を忘れた節があったとは思っている。余裕のなさを実感したことなど初めてだったし、理性より本能が勝ったことも初めてだった。

まだ十代の頃、初めてセックスをしたときでさえもっと冷静さが残っていたはずだ。もっと欲しくてたまらない、などといった状態にはならなかった。

「おまえが魅力的過ぎなんだよ」

「よくそんな歯が浮くようなことが言えるな」

呆れたふうな溜め息には、照れなど微塵も含まれていなかった。試しに言ってみたのだが、どうやらこの手のセリフには心動かされたりはしないようだ。

「記録を作ったな」

「は？」

「一晩の記録。断トツだ」

「おめでとう、と言えばいいのか？」

「嬉しい、が正解だろ」

すると夏木は鼻で笑い、枕元のスマートフォンに手を伸ばした。

つれない反応だ。抱かれているあいだは濡れた目をして、素直に感じて身悶えて、いっそ従順なほどにすべてを預けてきたというのに。

縋るようにしがみついてきたときは本当に可愛かったのだ。かなり気を許され、甘えるくらいには心を向けられているのでは……と思ってしまったくらいだった。

いや、まったくの勘違いではないだろう。ただの知り合いや同僚の枠からは出ているという自信はある。

「そろそろ時間なんだが、いいのか」

「なにが？」

「もうすぐ八時になる。昨日、朝食は八時だと言ってなかったか？」

「ああ……」

チェックインのときのやりとりを聞いていたようだ。こちらの会話には興味なさそうにしていたくせに、やはり油断がならない。

夏木は加瀬部の腕を外させ、浴衣を整えながら起き上がった。すらりとした立ち姿を見て、しみじみと思う。彼はその佇まいも美しい。

「やっぱいいな」

「……なにが？」

「浴衣姿。色気が尋常じゃねぇ。普段から垂れ流してんのに倍増だ」

「その言い方はなんとかならないのか」

垂れ流しという言葉が気に入らなかったらしく、夏木は不機嫌そうに寝室から出て行った。部屋付きの露天風呂へと繋がる扉の音がしていたので、風呂に入るつもりらしいとわかった。

情交の名残は身体にないはずだ。昨夜は一人で歩けない夏木に手を貸し、一緒に風呂に入ったのだから間違いない。あのときは相当ダメージを受けていたようだが、一晩眠ったらある程度は回復したらしい。

思ったより体力がある。いや回復力が、と言ったほうが正しいのか。

「持久力には欠けてたしな……」

そんなところも猫のようだと思った。風呂で身体を洗ってやったときも、まるでフーフーと威嚇しながら毛を逆立てる猫のようだった。

あれはなかなかよかった。新しい趣味に目覚めてしまいそうだ。

思えば加瀬部は肌をあわせた相手と風呂に入ったのも初めてだった。遠まわしに強請られたことはあったが、その気になれずに避けてきたのだ。当然、風呂場でことに及んだこともなかった。

「うん、悪くない」

月明かりに照らされる夏木に欲情し、うっかりまた手を出したことを思い出す。声を殺そうと必死になりつつも乱れていた彼に、さらに煽られてしまったことも。

夏木を追いかけて自分も露天風呂に行こうか。そう思ったとき、仲居の来訪を告げるチャイムが鳴った。

惜しいと思う気持ちと助かったという気持ちが混在している。だがなに食わぬ顔でドアを開けに行き、ついでに洗面所で着替え以外の身支度を整え、和室に戻った。

仲居は作業をしながらも当たり障りのない話を振ってくる。よくお休みになられましたか、お湯はいかがでしたか、大浴場もぜひ行かれてみてください。それに対して加瀬部も無難に言葉を返しつつ、テレビをつけて室内を賑やかにした。

仲居が下がっていくと、すぐに夏木が現れた。顔を合わせないようにタイミングを計っていたのだろう。

夏木は広縁と部屋を仕切る障子を開け、外が見えるようにした。今日も快晴だ。このあたりはもう紅葉が終わっているが、場所によっては盛りだろう。

「冷める前に食うぞ」

「味噌（みそ）汁だけで十分な気もする……」

「これぞ旅館の朝メシって感じだよな」

さすがにすべて食べるのは無理だと言いつつ、夏木はいくつかの料理に箸を付けた。

「そういや身体は大丈夫なのか？」

「問題ない」

「いつもより動きがゆっくりだけどな」

「今日の予定を考えて行動に支障はないと判断した。だから問題はない」

素直に身体がつらいと言えばいいのに夏木は相変わらずだ。そんな態度が加瀬部のやる気に火を付けるとは想像もしていないらしい。

次の機会には、朝になっても足腰が立たないようにしてやろうと密かに決意する。我ながらくだらない決意だと思った。

いまその話題を引っ張るのは夏木の機嫌を損ねるだけだろうから、窓の向こうを見て、話題を変えることにした。

「紅葉スポットでも探して行くか？」

「まっすぐ帰るという選択肢はないのか」

「そう言うなよ。せっかくの旅行だろ」

ことさら「旅行」という言葉に力を入れて言うと、夏木の箸がぴたりと止まった。そうして怪訝そうに眉根を寄せる。

「調査に来て、泊まっただけだ。もっと正確に言うなら、あんたが運転したくないとダダをこねて、勝手にここを予約したんだ」

「気分の問題ってことで」

残念ながらここまでは加瀬部一人の気分だったようだが、ぜひともここからは夏木にも旅行気分を味わって欲しいところだった。

おそらく浴衣も着たことがないらしく、最初に着て出てきたときはかなりもたついていた。知識として襟のあわせなどはあったようだが、全体的にぎこちなかったのは事実だ。

「温泉とか旅行なんて、ろくにしたことねぇだろ」

「……夏木の両親と、向こうで何度か」

「日本はねぇってことだろ？　いろいろと忙しかったもんな。よく一人で頑張ったよ」

帰国してからの夏木は、ほぼずっと戸籍調査と弟の捜索に明け暮れていたはずだ。仕事で遠方へ行き、そのついでに宿泊することはあったかもしれないが、旅館に泊まったとは考えにくい。ビジネスホテルか、場合によっては車中泊なんてことも大いに考えられる。

まして景色を楽しむ余裕はなかっただろう。

夏木はじっと加瀬部を見つめ返してくる。不思議なことを言われた、という風情だった。

「どうした？　なんか変なこと言ったか？」

「いや……頑張っているつもりはなかったから……」

「相当頑張ってるだろ。仕事も弟捜しもな」

夏木が空いている時間をすべて弟の捜索に当ててきたことは想像に難くない。とうとう限界を感じて加瀬部に協力を求めたわけだが、その前によく心が折れなかったものだ。

夏木は弱音を吐く相手がいたのだろうか。いたとしたら、その相手を今後は自分だけにしてくれないものだろうか。

「……松川親子とか夏木の両親とかに、話聞いてもらったりしてんのか？」

「いや」

「してないのかよ」

「あの人たちには十分よくしてもらってる。これ以上煩わせたくない」

「おまえも人並みに遠慮とかするんだな。心を開いてねぇだけか？」

思ったことを遠慮なく言ったら、夏木はあからさまにムッとした顔をした。あんたに言われたくないと、顔に書いてあった。

「俺はいつだってオープンマインドだぞ」

「嘘くさい」

「いやいや、おまえと違って複雑な生い立ちでもねぇし、背負ってるもんもねぇから。よくも悪くも日当たりのいい人生だ」

「日陰の多い人生で悪かったな」

自虐しているかのような言いぐさだが、口振りほど拗ねた表情ではなかった。むしろ眩しいものでも見るような目を加瀬部に向けている。かといって羨んでいる様子でもないのが、よく理解できないところだ。

「日なただからいいとは限らないもんな」

「戸籍調査官のセリフじゃないだろう」

「職務は職務だ。個人的見解とは別もんだろ」

実際にいろいろと見た上での意見なのだ。摘発によって戸籍を得た者や戻された者が、その後幸せな人生を送れるとは限らない。さまざまな理由で、ふたたび戸籍を捨てる者が一定数いるのも事実なのだ。

「それはそうと、松川親子ってのは弟捜しに協力してくれねぇのか？　いや、各地の転属とかには協力してくれてるんだろうが……」

「それで十分だろう。それ以上となったら人を動かすしかないし、情報を広く公開することは俺のためにもならないという判断だ」

「まぁ、そうだよな」

「すっかり忘れているみたいだが、あんたを俺に付けてくれたのも協力と言えるんじゃないのか？」

関わる人間が増えれば増えるだけ、漏洩の危険も増すというものだ。加瀬部一人の見きわめに何年もかけたほどの慎重さならば、むやみに人員を割かなかったことも納得できた。

それを彼の保護者たちは察したのかもしれない。

「なるほど」

「あんたにはいい迷惑だったかもしれないが……」

「別に迷惑じゃねぇよ。俺が結構楽しんでんの、見てわかんねぇか？」

「なんでも楽しむタイプなんじゃないのか？」

「そこも間違ってはいないな。けど、嫌なことは自発的にしないタイプでもある。上司が組んできた相棒に義理立てする性格でもないし」

「それは確かに」

夏木は最後の言葉に対して頷いたように見えたが、広い心で流すことにした。自らの悪評については十分にわかっている。

そう、遠慮なんてされたくないのだ。夏木にはむしろわがままをぶつけて欲しいし、寄りかかって欲しい。これまで甘えられなかった分、甘えを向けて欲しいのだ。

手始めに、彼の意識を仕事や弟から一時でも切り離してやろう。

「帰りはゆっくり、ドライブがてら景色でも見ながら行こうぜ」

加瀬部の提案に夏木は異を唱えなかった。休日にまで私用に付き合わせたことの詫びだと思ったのかもしれない。

いまはそれでかまわなかった。このまま加瀬部と過ごすことに慣れて、一緒にいるのが当然になればいい。

「帰る前にもう一回くらい風呂に入っとくかな。おまえも入るか？」

「入るわけないだろう。いま上がってきたところだぞ」

素っ気なく言い捨てて夏木は出汁のきいた玉子焼きを口に入れた。しばらく待ってみたが、追加の言葉はなかった。

「理由それだけか？　俺と入ること自体は、ありなのか」

「っ……」

小さく息を飲むまではなかなか素直な反応だったが、夏木はすぐに気を取り直し、無言でまた玉子焼きを口にした。

にやにやしながら見つめていたら、きつい視線を向けられた。睨んでくるそれも、いまのこの状況では可愛いという感想しか浮かばないのだが、果たして彼はわかっているのだろうか。

「弟が見つかって時間ができたら、また温泉でも行こうな」

言いながら自分の皿から玉子焼きを移してやる。すると夏木は一瞬虚を突かれた顔を見せた後、しかめ面を作って溜め息をついた。

黙って食べた彼を見て、加瀬部はますます笑みを深くした。

実父に会うには心情的に嫌だろうと思い、加瀬部は一人で会いに行こうとした。

だが気遣いは無用だったらしい。夏木はむしろ先に立って行動し、実父の勤め先であるタクシー会社の営業所に来た。

記載されていた住所から辿り、ここまで来るのに二日かかった。だが父親であるはずの男はまったくの別人になっていた。

「あれ、老けたからってあの顔にはならねぇよな」

離れた場所から男を眺めつつ、加瀬部はのんびりと呟く。営業所の隣はコンビニで、なんとなく立っていても不自然にならないのがありがたかった。

「そもそも骨格が違う」

「だな」

なぜ別人と判明したのか。それは先日入手した写真のおかげだった。そこに写っていた男と、実際その名で生活していた男は似ても似つかなかった。

夏木の実父であるはずの男——戸塚和哉は十年前に再婚して相手の籍に入ったため姓が変わり、現在では大崎と名乗っている。タクシー会社に就職したのは結婚直後で、妻と死別した後も姓はそのまだ。子供はおらず、親戚づきあいもないという。

妻と暮らしていた家は売り、マンションを買って移り住んで二年たっていた。

出勤のために出てきた大崎の後をつけ、会社の近くで待機して十数分。彼が乗るタクシーが出て来るのを待って、なに食わぬ顔で乗車した。

「戸籍局までお願いします」

「……はい」

声に動揺が見られた。斜め後ろから見る限り、顎のあたりが不自然に動いたのも見え、これはますます黒だと確信した。

夏木を見ると、軽く顎を引いていた。

「ちょっとルートを指定してもいいかな？」

「あ……は、はいどうぞ」

「この先、二つ目の信号で左折して」

指示通りに左折すると、そこは車通りの少ない公園沿いの道になる。広さのわりに交通量が少ないこともあり、タクシーやトラックの運転手が休憩のために停止する道でもあった。

「ちょっとそこに寄せてくれ」

「はぁ」

走行中に切り出さないのは、万が一に備えてのことだ。動揺のあまり事故を起こされても面倒だし、開き直って暴走されても困るからだった。

大崎は後ろからでもわかるほど挙動不審だ。かなりの警戒も見て取れた。

サイドブレーキを引くのを待って加瀬部は切り出した。

「さて、本題に入ろうか。俺たちの職業、だいたい見当がついてるよな？」

やんわりと話しかけると、大崎はびくりと震えた。ルームミラーに映り込んだ顔は強ばり、顔色も悪くなっていた。

「……コチョウ……」

震える声が正しい答えを告げる。

「正解。じゃ、なにが言いたいかもわかってるな」

「はい」

溜め息まじりに呟いて、大崎はハンドルから手を離してシートに身体を沈み込ませた。抵抗する様子はないが、警戒は怠らずに質問を続けた。

「戸塚和哉の戸籍はどうやって手に入れた？」

「本人から買いました」

「仲介はいっさいなしか？」

「ありませんでした」

返答は淀（よど）みがなく、だんだんと声の調子もしっかりとしてきた。観念し、気持ちが落ち着いてきた証拠だろう。

「ネットの書き込みかなんかで見つけたのか」

直接売買は珍しくないケースだ。今回のようなインターネットを介したものもあれば、直接売買には関わらないが仲介だけをする者や組織もある。戸籍局にもサイバー対策課はあり、日々監視と取締をしているはずなのだが、常に移動や消滅、そして開設を繰り返すため、とても追いつかないのが実情だった。

だが大崎はゆっくりとかぶりを振った。

「飲み屋で知り合いました」

「そういうやつが集う店でもあんのか」

「いえ、普通の。たまたま、売りたいあの人と、買いたいわたしが、知り合って……」

「そいつはレアケースだな」

まったくないとは言わないが、少なくとも加瀬部が関わるのは初めてだ。夏木を見ると同様らしく軽く頷いていた。

「バツイチで子供がいるっていうのは、ちょっと引っかかりましたけど……行方不明みたいなこと言ってたから大丈夫だろうと思って……」

おまけに戸塚の出身地が遠方で、付き合いのある親戚がいなかったことも好都合だった。急いで結婚でもして姓を変えてしまえば、そうそうバレまいと思ったらしい。

親から受け継いだ会社が立ちゆかなくなり、大崎は有り金を持てるだけ持って債権者から逃げたのだという。

「戸塚はどうして戸籍を売ったか、知ってるか？　その後、会ったりは？」

「それが……その、多分もう生きてないと思います……」

「なぜそう思う？」

問いながら夏木をちらりと見たが、表情はまったくと言っていいほど変わっていなかった。無理をしている様子もなかった。

「余命宣告をされたと言ってましたから……だから戸籍を売って、まとまった金で余生を過ごすんだって言ってました」

大崎が嘘を言っているとは思わないが、戸塚の話がどこまで本当かはわからない。無戸籍者となった男の行く末を調べることは困難だろう。成人男性の身元不明の遺体は毎日のように出るのだ。

「ほかにどんな話をしたか覚えてるか？」

「基本的な経歴と、別れた奥さんと子供のことを少し……。念のためにって、写真とか卒業証書なんかはもらいました」

「写真ってのは？」

「奥さんと子供の。万が一のために、顔は知っておいたほうがいいだろうって」

「これか？」

タブレットで家族三人の写真を見せると、大崎は力なく頷いた。

「もらったのは、母親と子供が二人で写っているものでしたけど……」

「その写真はまだ持ってるのか」

「それが……」

言い淀むのを視線で促すと、大崎はひどく言いにくそうな顔をした。捨てたという答えは十分に予想していたが、返ってきたのは意外な言葉だった。

「売ってしまって」

「誰に」

「探偵です。戸塚さんの別れた奥さんと子供のことを聞きに来た探偵がいて……わたしのことも、調べてあって。黙っていてやるから知っていることはなんでも話せ、って」

また探偵だ。どう考えても宮下家のあたりに現れたのと同じ筋だろう。同一人物かはともかく、依頼者は同じはずだ。

「写真は買い取ってくれたってわけか。良心的だな」

「いつの話だ？」

ようやく口を開いた夏木はひどく難しい顔をしていた。

「確か……五年……いや、六年前だったと思います」

夏木たちを捜している人物は、もう六年も前に加瀬部たちと同じルートを辿りながらも夏木にまで辿り着いていない。

いや本当に見つけられなかったのだろうか。それとも夏木を見つけた上で静観しているのか。

できれば前者であって欲しかった。これは戸籍調査官としての矜持の問題だ。

「とりあえず知ってることは全部話せ。まずは知り合った店の名前だ。探偵に話したことも洗いざらい吐けよ」

生前の戸塚の身辺を洗うことで、なにかに繋がるかもしれないのだ。局に連行する前に、欲しい情報はすべて引き出してやるつもりだった。


「ブローカーではなく本人から直接買ったと言ってます。念のために背後関係を当たってみたほうがいいですかね？」

逮捕して局まで連行した以上、上司に報告しないわけにはいかない。もちろん夏木との関係を言うわけにはいかないから、情報提供を受けた上での突発的な事件だということにした。

　夏木はおとなしく加瀬部の隣に立っている。加瀬部が珍しく一人ではないということに、周囲が驚いているのがわかった。視線は向けられているし、こそこそと話もしているようだ。目の前の上司も、最初は虚を突かれたような顔をしていたものだった。

「そ……そうだな。うん、一応裏を取ってくれ」

「じゃ、行ってきます」

　軽く手を上げる加瀬部に対し、夏木は会釈をした。同僚からうるさく話しかけられる前にと、足早に外へ行く。夏木は黙ってついてきた。

「一緒でいいのか？」

「あんたなら一緒に行動しても一人でも効率は変わらないと判断した」

「素直に一緒にいたいって言えよ」

「余計なことを言うなら、せめてもっとおもしろいことを言え」

　冷たく吐き捨てた夏木は、加瀬部を追い越して歩いて行く。もちろん置いて行かれるわけもなく、すぐ追いついて肩を並べた。

「一ついいか」

「実のあることなら」

「探偵の雇い主についてだ。もしかして生き別れの弟じゃねぇのか？　おまえを殺そうとした連中って可能性もありだが、写真を買い取ったって話からすると違うような気もするんだよな」

幼い子供を簡単に殺そうとした容赦のなさが、探偵の動きからは感じられないのだ。夏木は同意こそしなかったが、否定も返さなかった。

本当に弟だったとして、その目的は夏木と同じなのだろうか。なにしろ二十年以上もたっているのだ。四歳だった弟が、兄のことを忘れてしまっても不思議ではないし、育てた人間によって記憶や感情を歪められていても不思議ではない。

「まだ言ってなかったな」

「なにを？」

「弟が見つかったとしても、名乗り出る気はないんだ」

静かな声に、加瀬部は目を瞠った。

「は？　だっておまえ、こんなに捜してんのに……」

「無事を確認したいだけだ」

弟には弟の人生と生活があり、それは夏木がいなくても成立しているものだ。だから会わなくてもいいと夏木は言う。

「それでいいのか」

「ああ」

だったら加瀬部が口を出すことではないだろう。そして弟を見つけ出すことで夏木のなかに区切りができるというならば喜んで手を貸そうと思った。

今日は仕事として聞き込みに向かうのだが、ここまで来ればゴールは近いはずだ。加瀬部の経験がそう告げている。

大崎が証言した「戸塚和哉と出会った店」はいわゆるスナックで、調べたところ現在もまだ営業を続けていた。だがまだ開店時間まで四時間以上あることから、先に戸塚和哉の元職場や知人を訪ねようということになった。

綾佳との結婚後も大学に在籍し続けた戸塚は、卒業後は広告代理店に就職したが、たった半年で退職している。当時の知人によると、その後は定職に就かずに短期のアルバイトで食いつないでいたようだ。

ここまでつかむのに要した時間は三時間ほどだった。

当時の知り合いを当たれるだけ当たってみたが、一様に「それほど親しくなかったから」と返ってくる。

「あいつ見た目とノリがよかったからね。なんとなくその場にいることが多いというか……見るたびに違うグループにいたっていうかね」

大学で同期だったという男性は、突然の訪問と質問に面食らいながらも話を聞かせてくれた。卒業後は一度も会っていないが、メールでのやりとりは何年か続いたらしい。

「結婚したのはもちろん知ってるけど、相手の子はよく知らないんだ。よその大学の子だったからね。離婚したのもメールで聞いたんだ」

「最後に連絡を取り合ったのはいつ頃ですか？」

「卒業して三年くらい……かな。もう少し早かったかもしれない」

携帯電話のデータはもうないので正確な時期はわからないと、男性はすまなそうに言った。

「なにか、覚えているやりとりがあれば教えていただきたいんですが。どんなことでもかまいませんので」

「あー……最後のやりとりだったと思うんだけど、ちゃんと働かないと養育費とかあるだろう、って説教っぽいこと書いたんですよ。そうしたら、連絡が取れなくなったからもういいんだ、とか言って。ちゃんと支払ってなかったみたいですよ。だから別れた奥さん、ホステスやったりしてたみたいで、どうせ男ができたんだろうとか、言ってましたけど」

「そうですか……。ありがとうございました」

男性の職場を後にし、別行動を取っている夏木に連絡を入れた。彼は駅前のコーヒーショップで調べものをすると言っていたが、宣言通りまだそこにいるという。

五分ほどで店に着き、コーヒーを買って向かいの席に座った。目立たない席で、かつ壁に向かって座っているのは視線の煩わしさを避けるためだろう。

「なにかわかったか？」

「そっちは？」

「養育費もろくに払ってなかったらしくて、宮下綾佳は失踪するまでホステスかなにかをやってた可能性が出てきた」

「場所はわからないか？」

「残念ながら。後はまぁ、戸塚和哉って男が、人間関係希薄だった、ってことくらいだな」

抱いた感想はそんなところだった。さらに言えば、なにごとも長く続かない性質だったようだ。父親は愛人を作って出て行き、母親とはあまり上手くいっておらず、大学進学で上京をして以降は帰省することも会うこともなくなったという。大学四年のときに母親が亡くなり、その直後に綾佳と結婚したようだ。

「そっちはなにか見つかったか？」

「いや。母は戸籍を捨てるのと同時にいっさいの関わりを断ったらしいからな。地元や大学の知り合い何人かに聞いてみたんだが、誰も心当たりはないそうだ」

仲のいい友人もいたが、結婚して大学を中退してからは会う機会も減り、離婚後はやりとりさえなくなってしまったという。

　先日、身元が判明してから夏木はずっと昔の知り合いに当たっていたようだ。仕事は仕事でこなしていたので、就業時間外の行動なのだろう。

「どこで『コウ』と知り合ったんだろうな」

「さぁ」

「前からネットでも捜してたんだろ？　手がかりゼロか」

「呼び名だけじゃどうにもならなかったし、いまも似たようなものだな。行方不明者が多すぎて、情報が絞れない」

　なにしろ百万人を超える人間が無戸籍あるいは戸籍を捨ててしまった人間なのだ。いまこうしているあいだも、戸籍を捨てて失踪してしまう人間は新たに増え続けている。

　取締はいたちごっこと言える。それでもピーク時よりは減っているが、依然として高い数字が示されていることには変わりなかった。

「やっぱ住んでたあたりを聞き込んでみるか」

「開店時間になるが、いいのか？　それに民家を訪ねる時間じゃない」

「それもそうだな」

　目的の店はここからそう遠くない。タクシーを拾って十分も走り、夜でもなお明るい界隈へと降り立った。

　人通りが多く、道行く人々の年齢層もまちまちだ。スーツ姿の会社員もいれば、大学生の集団も歩いている。建ち並ぶ雑居ビルのテナントも飲食店やコンビニに生花店と、あらゆるものが揃っているように見えた。

「どうした？」

　夏木は周囲を見まわし、不意に立ち止まった。知り合いでも見かけたのかと思ったが、見ているのは人物ではなく街並みだった。

「いや、なんでもない。行こう」

「……おう」

　連れ立ってあるビルのなかに入り、開店間近のスナックに入った。ドアの古めかしさ同様に内装もどこか野暮ったく、全体的にノスタルジックな印象だった。まだ開店前とあって照明はずいぶんと明るかった。

　なかにいた女性は加瀬部たちを見て笑顔を向けてきた。

「ごめんなさいね、まだ始まってないの」

「戸籍局の者です。少しお話を伺いたんですが」

「あ……はい。あの……どうぞ」

カウンター席を勧められて座り、店のオーナーらしい女性が飲みものを出そうとするのを制して写真を出す。

「この人、ご存じないですか？」

カウンターの上に写真を置いて戸塚を指すと、オーナーはそれをじっと見てから大きく頷いた。

「昔うちの常連だった人だわ。名前は……なんだったかな……前にも聞かれたことあるのよ。また忘れちゃった」

やはりここにも探偵は来ていたようだが、あえて確認はしないことにした。

「戸、がつきませんでした？」

「あっ、そうそう戸塚さん！」

水を向けると、するりと名前が出てきた。表情もパッと明るくなる。

「こちらは？」

続けて大崎の写真を出すが、こちらはしばらく見つめた後で緩く首を横に振った。今度は一変して表情が曇った。おもしろいように感情が出る人だ。

「知らない人よ」

「ここに何回か来たことがあるそうなんですが」

「ああ、そうなの？　でも覚えてないわ」

「では戸塚さんのことで、なにか覚えていることはないですか？」

「えー、かなり昔のことだし……」

　そう言いつつも必死で思い出そうとする彼女は、おそらく人がいいのだろう。カウンター裏の棚を見ると、キープされているボトルがあふれんばかりだった。

　やがて彼女は、はっと目を瞠った。

「バツイチだって話を聞いたわ。別れた奥さんがすごい美人だとか……あ、そうだ。急に来なくなった時期があったのよね。半年くらいかな。で、また来るようになったから、どうしたのって聞いたわけよ」

「戸塚さんはなんて？」

「別れた奥さんがこのへんで働き出したらしくて、ニアミスするのが嫌だから来なかった、って言ってた。子供の養育費も払わないで飲んだくれてるのがバレたらマズかったんじゃない？」

　さらりと有力な情報が出てきたが、加瀬部も夏木も大きな反応は見せずに話を続けた。下手に中断したくはなかった。

「働くっていうのは、クラブかなにかで？」

「みたいよ。昔はこのへんに託児所もあったからね。もうなくなっちゃったけど」

　それから少しのあいだ、彼女の昔語りが始まった。相づちを打ちつつある程度まで聞いていたのは、彼女への感謝のようなものだ。

「ご協力ありがとうございました」

話が途切れたタイミングで夏木は立ち上がり、いても立ってもいられないというように店を出て行く。オーナーに軽く頭を下げ、加瀬部は後を追った。

夏木の気が急いているのが後ろ姿からでもわかった。

「待て、こら」

引き留めようと腕をつかんだ瞬間に、勢いよく振り払われた。振り向く目が咎めるように、きつく向けられる。

「邪魔するな」

一度でも寝た相手に向ける目とは思えなかった。

「しねぇよ。初日からずっと協力しかしてねぇだろうが。落ち着けよ、おまえこのへん詳しくねぇだろ？　俺に任せろ」

「ふぅん、あんたは詳しいのか」

いつになく挑発的な態度に思わず笑ってしまった。焦ると若干攻撃的になるのが子供っぽくて微笑ましい。

「言っとくが仕事で、だぞ。いいから来い」

夏木の目から険しさが和らぎ、おとなしく加瀬部についてきた。そのくらいの信頼は得たらしい。だんだんと感情を見せるようになってきたのもいい傾向だ。

歩いて数分のビルに入り、階段で三階へ上がる。一階にはうどん店、二階はバーが入っているが、三階まで上がると廊下灯も暗くなり、まるで廃ビルのような雰囲気になる。

夏木が不審そうな顔をするのは当然だった。

奥にある扉には「占い」と小さなプレートがついているだけだ。ますます怪しさしか感じられないだろう。

「占い……？　あんたが？」

「言っとくが信じてないからな。このビルのオーナーが、当たりもしねぇ占いを趣味でやってるんだよ。町会長でもあって、うちの調査には超協力的」

「なるほど」

重く殺風景な扉を開けると、なかはさらに暗くなっていた。天井からは布がランダムに垂れ下がり、正面のテーブルの上にあるランプだけが光源だった。

占い師に扮(ふん)した町会長は八十歳近いと聞いているが、足腰も頭もしっかりとしているのが自慢の男だ。仙人みたいな風貌だと常々加瀬部は思っていた。

「なんだ、あんたか」

「聞きたいことがあってさ」

テーブルの前に二つ並んだ椅子に座ると、町会長は室内の灯りをつけた。客ではないので雰囲気が必要ないと判断したのだ。

「ずいぶんな美人をつれてきたな」

「だろ」

「恋人か」

「その予定」

夏木からの反応は相変わらず薄く、否定の言葉もなければ咎める視線もなかった。ただ溜め息をつき、加瀬部の隣に座るだけだ。

その夏木を町会長はまじまじと見つめる。

「誰かに似てるねぇ……女優さんかな」

「これじゃないか？」

綾佳の写真をトリミングしたものを見せると、町会長はポンと手を叩いた。

「そうだ、彩奈ちゃんだよ！　ってことは、あんた息子かい？」

「さすが生き字引。なんでもよく知ってるな」

「あの子は特別美人だったからねぇ。この界隈でも評判だったんだよ。一年くらいしかいなかったけど、彩奈ちゃん目当ての客がとにかく多かった」

いきなり有力な情報を得て、夏木はひどく驚いていた。おそらく間違いはないだろう。名前は偽っていたに違いない。

「彩奈ちゃんは元気かい？」

「爺さん。実はこいつ、息子じゃねぇんだよ。よく似てるって、関係者に会うと必ず言われるんだけどな」

「そうなのか？　いや、でも本当によく似てるよ」

まじまじと夏木を見つめた後、町会長は感嘆の息をついた。まだ納得してはいないのだろうが、食い下がるような真似はしなかった。

「ところで爺さん、当時の店とか同僚を知りたいんだけど」

「店はもうないよ。ずいぶんと前になくなっちまった。あそこのママは夜逃げして行方知れずだ。勤めてた子なら一人だけ知ってるよ。近くでバーをやってる」

町会長はなにかの切れ端に店とオーナーの名前を書いて寄越した。いつもながらの積極的な協力姿勢だ。

「ご協力感謝します。じゃ、またなにかあったら……」

「占ってやるから待ちなさい」

「ええ？」

「タダだぞ。たまにはいいだろう。ほら、なにがいい？　仕事運か？　それとも恋愛運？　君はなにがいい？」

反応が鈍い加瀬部に業を煮やし、矛先は夏木に向かった。

「……捜してる人が見つかるかどうかを」

「捜し人か。どれ」

嬉しそうに老いた指がタロットカードを捲る。筮竹のほうがずっと似合いそうなのに、絵柄がおもしろいという理由で彼の占いはタロットなのだ。

やがて彼は大きく頷いた。

「うん、近いうちに会えるぞ。いい結果だ」

「ありがとうございます」

心なしか夏木の表情が柔らかい気がして加瀬部としてはおもしろくなかった。占いなどしなくても、加瀬部が必ず見つけてやると言っているのに。

「そう言えば、駆け落ちの相手はどこかのボンボンだと聞いた気がするな」

「どこのボンボンかはわからないんだろ？」

「まぁな。お、これはいいぞ。めでたく結ばれると出た」

にこにこしながら町会長は加瀬部と夏木を交互に見た。気付かないうちに勝手に恋愛を占っていたらしい。

「そりゃどうも。今度、酒でも持って来るよ」

加瀬部は夏木の腕を取り、ひらひらと手を振って部屋を出た。

情報提供者との金銭のやりとりは禁則事項とされているが、占いの対価として酒を渡すのは違反ではない。

「俺とおまえは結ばれるってよ」

「占いは信じないんだろう？」

「都合のいいことは信じることにした」

「本当に都合がいいな」

夏木はスマートフォンで店の名前を検索し、場所を特定した。ここから百メートルと離れてはいないらしい。

先ほどのビルより大きな雑居ビルの地下にそのバーはあった。通りから直接階段を下り、木の扉を押し開ける。店内にはジャズが流れていた。

思ったより大きな店で、カウンターのなかには女性とバーテンダーが、そしてフロアにも男性スタッフが一人いた。

「いらっしゃいませ」

「申し訳ない。客じゃないんですよ。あなたが由里さん？」

「ええ……そうですけど」

身分証を見せながら確認すると、由里は神妙な顔で頷いた。町会長の協力姿勢は知っているらしく、親しい彼女もまた協力的だ。

「昔一緒に働いていた彩奈さんについて伺いたいんですよ」

「彩奈……って、子持ちで駆け落ちした？」

「そう、その彩奈さん。なんかこいつに似てるんだって？」

そこで初めて由里は夏木の顔を見て、大きく目を瞠った。いままでは加瀬部にばかり気を取られていたようだ。

「そっくり！　やだ、なんで？」

「他人のそら似ってやつでしょう」

「え、でも……」

「ところで彩奈さんの駆け落ちの相手についてなんですが……」

強引に話を進めると、由里はかなり夏木のことを気にしながらも加瀬部の話に反応した。

「ああ、立原さん」

すんなりと名前が出てきたのは意外だった。なにしろ二十五年以上もたっているのだから、忘れないまでも記憶の底に押しやられていても不思議ではないのだ。

「立原というんですか。それは、本名で？」

「だと思うわよ。最初は接待で来たんだもの。うちの常連さんが招待したってわけ。立原さんはホテルか結婚式場をやってる会社だったはず」

「よく名前がすんなり出ましたね」

「だってわたしも立原なんだもの。自分と同じ名字を忘れたりしないわ。最初に来たときもその話で盛り上がったの」

とは言うものの、由里が覚えていることはそう多くなかった。だがここで姓が出てきたことの意味は小さくなかった。

礼を言ってノンアルコールのドリンクを一杯ずつ飲み、落ち着かない様子の夏木を宥めつつ店を出た。ドアをくぐった途端にスマートフォンを取り出したことは仕方ないものと温かく見守ることにした。店では我慢していたのだから。

夏木はスマートフォンから目を離さないまま階段を上った。危ないので抱き寄せて歩いたが、まったく文句は出なかったし振り払われることもなかった。あるいは調べるのに夢中で加瀬部の行動に意識が向いていないのかもしれない。

立原という姓と、ホテルあるいは結婚式場で検索をかけているようだ。すると、いくつもの情報が出てきた。

なかでも大きく出てきたのは立原観光(たちはらかんこう)という会社だ。

「マジかよ」

加瀬部の呟きなど耳に入っていない様子で、夏木はさらに検索をかけた。立原観光グループの創始者一族を調べているのだ。

「立原……賢司(けんじ)……」

検索の結果はすぐ出てきた。該当する人間がいたらしい。

「早速爺さんの占いが当たったかな」

占うまでもなく見えていた結果だったが、予想よりも早かったのは確かだ。情報提供者としての町会長に素直に感謝することにした。

道ばたで立ったまま検索することもなかろうと、タクシーを拾って乗り込んだ。

「俺のとこでいいか？」

「ここからなら、うちが近い」

夏木は運転手に行き先を告げ、タブレットに目を落とした。

住まいのおおよその地名は知っていたが、行くのは初めてだ。この流れだと家に上がってもいいのだろうかと、期待感がむくむくと湧いてくる。

タブレットを覗きこむと、立原賢司のデータが表示されていた。年齢は二十六歳、両親や祖母はすでに亡く、兄弟もいないようだ。肉親は祖父の功一郎のみだった。

「父親……『コウ』だな」

二十二年前に亡くなったとされる父親の名は功司で、ここも一致する。ただし母親はまったく別の女性の名が載っていた。

「しかも改名してる」

「いつだ？」

「今年の春だ。功輔から賢司に変えてる」

四歳のときに連れ去られた――あえて連れ戻されたとは言わない――ケンは、功輔という名を与えられ二十年以上生きてきたのだろう。功司の死亡時期すら細工しているのだから、戸籍上の母親や四歳の子供の戸籍を用意することなど簡単にできたはずだ。

綾佳の妊娠を把握していたなら、ちょうど生まれる時期に出生届を出していたことも考えられる。戸籍上の母親と功司が結婚したとされている日付も、功司が出奔した後のことなのだ。

「なんでこのタイミングなんだろうな」

変えたくなった気持ちはわかるような気がした。祖父、あるいは一族の意向が色濃く反映された名前だから、人によっては重く感じる場合もあるだろう。もしかすると賢司には連れ戻される前の記憶があり、新たに与えられた名に違和感があったのかもしれない。

ただ時期が不思議だった。どうせ変えるのならば社会人になるタイミングが適正だったろうに。

一度外した視線をタブレットに戻すと、そこには立原観光グループの会長・立原功一郎の写真とプロフィールが載っていた。

思っていたよりも大物だった。

立原観光と言えば元財閥系で、現在ではホテル業のほか、結婚式場やタクシー会社などの経営で知られている。業績はトップクラスと言えないまでも十分なものがあるし、歴史と伝統という点で新興勢力では太刀打ちできない業界で影響力というものがあるようだ。

「ああ……なるほど」

「ん？」

「今年に入ってから、功一郎が体調を崩して入院している。かなり悪いらしいな」

前者は真っ当なニュースからで、後者は業界の噂として上がっている。経営に関わるどころか話すことさえままならない状態らしい。

ならば納得だ。祖父の目がなくなり自由に動けるようになったからこそ賢司は改名に至ったのだろう。

マンション前でタクシーを下りると、夏木は無言で加瀬部を見上げた。来いとも帰れとも言わなかった。

「ちなみに、俺はどうしたらいいんだ？」

「好きにしたらいい」

あの夜と同じだった。そのまま背を向けた夏木の後を、加瀬部は遠慮なくついていくことにした。夏木が判断を相手に任せるということは肯定したも同然なのだ。

「いいとこに住んでるな」

「松川さんの持ちものだ。仮住まいに使わせてもらってる」

「なるほど……」

話に聞くだけでもずいぶんな好待遇だ。元は他人だというのに、夏木には甘いような気がする。代議士としてニュースや討論番組に登場する松川は、発言が厳しく理論的で、笑ったところをあまり見たことがない。情に厚いという話は聞くので、そこは納得だったが。

「よく会うのか？」

「松川さんとは年に一度くらいだ。正月には顔を見せに行く」

「へぇ」

新しくはなさそうだが立地のいいマンションは、セキュリティも万全で管理人が常駐しているタイプだ。いまは時間外らしく、用があればインターフォンを鳴らす仕様だった。

五階へ上がり、通された部屋は単身者用の１ＬＤＫだった。加瀬部の部屋ほどの広さはないが十分なスペースがあった。

家具は一通りのものが揃っていて、壁にはいくつかの絵が飾られ、チェストボードにはオブジェや観葉植物が置いてある。夏木の趣味ではなく元からこうだったのだろう。

夏木はソファに座り、膝の上でパソコンを立ち上げた。先ほど好きにしろと言われたので加瀬部は隣に座ったが文句は言われなかった。

立原賢司の情報はいくつも見つかった。まず本人が複数のＳＮＳをやっていたのだ。かなりこまめに発信しているようだ。

手分けをしてそれらをチェックしていくと、確かに今年の春以降は発言内容に変化が見られた。それまでは仕事のことや趣味、交友関係についてを素っ気ないほど淡々と報告していたのだが、急に自分の考えや展望を語り始めている。

なかでも熱いのが無戸籍者への思いと支援だ。実際に今年に入ってから支援団体を立ち上げ、すでに何人もの無戸籍者を社会復帰させていた。それ以外にも、ＤＶや借金で身を隠すことになった者たちのシェルターも作ったらしい。

「どう思う？」

「ケン……だと思う」

　ＳＮＳには現在の写真はもちろん、幼少時の写真も何枚か載せてあった。それらしい理由をつけてのアップだが、自分を見つけてもらうためとも考えられた。

「おまえもさ、その顔生かしてモデルとかそういうのやれば早く見つけてもらえたかもな」

　状況的に考えて危険なので、仮に本人にそのつもりがあっても周囲が許さなかったことは想像に難くない。前提として、夏木にその気はさらさらなかっただろうが。

「ケンが母の顔を覚えているとは限らないだろう。むしろ俺を殺そうとしたやつらに見つかって……そうだな、そのほうが手っ取り早かったかもしれない」

　思案顔で呟いた内容には、いかに彼が自分の安全を軽視しているのかが表れていた。加瀬部が言うまで思いつきもしなかったのは幸いだったと言える。

「この様子だと、やっぱおまえを捜してるんじゃないか？　無戸籍者に対して思い入れを感じるし、祖父さんの力が及ばなくなった途端に名前も変えてる……ってことは、気持ちは上野木で暮らしてた頃にあるってことじゃないか？」

「……そうかもしれない」

「それでも会わねぇつもりか。おまえが生きてるって知ったら、絶対喜ぶぞ。なんなら俺が接触して、意思確認してやろうか？」

「あんた、本当に親切だな」

苦笑まじりの言葉に棘はない。皮肉でもなんでもなく、ただそう思っての言葉だったらしい。

「惚れた相手にはな。サービス精神旺盛な自分に驚いてるよ」

しかも少しも苦にならないのが不思議でもあった。三十年以上生きて初めて自分が尽くすタイプだと知ったのだ。

黙って聞いていた夏木はパソコンをテーブルに置き、おもむろに立ち上がった。そうして加瀬部に向き直る。

「加瀬部さん」

「なんだよ、どうした」

「ありがとう」

まっすぐに目を見て言った後、彼は深々と頭を下げる。ここまで全身で謝意を示されたことはなく、面食らってしまうほどだった。

「お……おう」

真面目(まじめ)なところも可愛いなと、そんな感想しか浮かばない自分に苦笑した。恋という病はさらに進行していて、もうなにを見ても聞いても可愛いだの愛(いと)おしいだのという感情が生まれてくる。

いや、もっと別の思いも芽生えてはいるのだ。一緒にいたいとか触れたいとか、好きになって欲し

いといった、欲に基づくものだ。

　いまだって抱きしめてキスをして、あわよくばそのまま……と望んでしまっている。

　加瀬部の邪な思いを知ってか知らずか、夏木は感謝の言葉を紡いでいった。

「こんなに早く見つかるとは思っていなかった。あんたが協力してくれなかったら、相当時間がかかってたと思う。本当に助かった」

「役に立ててよかったよ」

　これもまた本心なので、加瀬部は笑みを浮かべて返した。このことに関して見返りを求めるつもりはない。ただプラス材料になれば、という下心があったことも事実だが。

「……なにか、持って来る」

　キッチンへ行こうとする夏木を引き留め、ソファに座らせた。問うような目を向けられて、加瀬部は薄い肩に手をかけた。

「会うか会わないかはともかく、憂いはなくなったよな？」

「まぁ……一応」

「だったら、俺とのことも考えようぜ。っていうか、おまえ結構俺のこと好きだろ」

　笑いながら冗談めかして、自惚れだと断じられても仕方ないことを口にした。だが加瀬部には自信があった。

夏木は涼しい顔をしつつも黙っていた。否定はしなかった。

「おまえ、意外と正直というか、慣れてくるとわかりやすいよな」

「そんなこと初めて言われたんだが……あんたに黙っていることもあるし」

「そりゃ人として普通だろ。子供じゃあるまいし」

加瀬部にだって言っていないことは山のようにある。聞かれなかったから、と言えばそれまでだが、いまだに家族のことも話していないのだ。

夏木とは違い、加瀬部の家庭環境は特に話すこともないほど一般的だ。両親は健在で、兄と弟がいて、仲は悪くないが特別いいわけでもない。兄が結婚して子供が二人いるので、両親は孫に夢中になって次男のことなど思い出しもしないのだろう。年に数度の電話でのやりとりと、冠婚葬祭でしか会わない関係が、もう何年も続いている。

そのうち話そうと考えていると、夏木は薄い唇を開いた。

「俺は、嘘やごまかしはない」

「ああ」

「ただ……恋愛感情がよくわからないんだ。人を好きになったことが一度もないし」

かつては生きることに精一杯で、いまの姓になってからは、弟を見つけることだけを考えて生きてきた。そのために身に着けられるものは知識だろうと身体の使い方だろうと、貪欲に吸収してきた。

まさに脇目も振らずここまで来たのだと夏木は言う。

　夏木はじっと加瀬部を見つめた。

「あんたは条件がよすぎる。嫌う要素がなくて困る」

「それはどういう……」

「いい男だと褒めてる」

「……そりゃどうも」

　こんなことを真顔で照れもせず言えることに感心した。羞恥心（しゅうちしん）をどこかに置いてきてしまったのかもしれない。

　だが肝心の答えにはなっていなかった。

「結局まだ保留か？」

「試用期間があるなら、それで」

　気の抜ける答えだった。しかも冗談などではなく、本人は大真面目に言っているのだから始末に負えない。

　溜め息が重々しいものになっても仕方ないだろう。

「俺は雇用主じゃねぇぞ」

「知ってる」

「ま、仮の恋人ってことで手を打つか」

とにかく一歩前進ではあるのだろうと、気を取り直した。なにごとも前向きに捉えるのが加瀬部の主義だ。

「ちなみに具体的にはなにがどう変わる？」

質問してきた夏木は真剣そのもので、変なところで天然ぶりを発揮するものだと感心してしまう。二十代も後半になって聞くことではないだろう。

だが加瀬部は呆れた様子も見せることなく、同じように真剣な表情で返した。

「一緒にメシ食ったり家に上がったりするのに、理由がいらなくなる。それとキスしたりセックスするのにも理由はいらない」

「なるほど。理由か……」

夏木は少し遠い目をして、なにかを考える様子を見せた。そこに加瀬部の知らない人物の影を見た気がして、また胸の奥が焦げ付くのを感じる。

まったく嫉妬という感情は厄介だ。

意識を別に向けようと、加瀬部は不自然なくらい急に話題を変えた。

「で、仕事はどうするんだ？　続けるのか？　弟を見つけるためになった、って言ってたろ」

「確かに続ける理由はないが、辞める理由もないからな。いまさら別の仕事に就くのも面倒だし、わりとこの仕事は気に入ってるんだ」

「そうか。じゃ、仕事のほうでも今後ともよろしく」

手を差し出すと、夏木はその手をしばらく見つめてから握手に応じた。無駄なパフォーマンスに対し呆れているらしい。

そのまま手を引いて、飛び込んできた身体を抱き留める。抵抗しないのは、先ほど仮の恋人になったからだろう。

唇を塞いでも、夏木は当たり前のように受け入れた。

「明日、ここから出勤してもいいか？」

「……いいんじゃないか」

どうやら恋人としての初めての夜を迎えてもいいらしかった。

もともと夏木は自分自身に価値を見いだせないでいる人間だった。蔑ろにするというほどではないが、大切にもしていない。そんな印象だ。

幼少期にゴミのように捨てられた——文字通り投げ捨てられた経験のせいだろうか。あるいは弟の無事を確認することだけが生きる目的で、自分はそのための手段の一つとしか思えなかったのかもしれない。

とにかく夏木は自分を守ろうという意識が低い。まして憂いが、言い換えれば心残りがなくなったせいで、いろいろと無茶をやらかすようになってしまった。

仕事熱心なわけではない。使命感に駆られているわけでもない。効率的、もしくは手っ取り早いというだけの理由で、実に簡単に自らを囮や餌にしてしまうのだ。

いまのところ大事には至っていないが、それは加瀬部がフォローしているからだ。一人だったならばとっくにケガをしたり、犯されたりしていたはずだ。そんな場面がこの二週間で三度もあった。

「勘弁してくれ……」

目を離した隙に夏木がいなくなって一時間たった。ちょっと話を聞いてくると言って、目の届くところで通行人と話していたので、加瀬部も別口に声をかけて話を聞いていた。だが振り返ったとき、そこに夏木の姿はなかった。

電話をしても留守電に繋がるばかりだし、メッセージを送っても既読もつかない。最近はおとなしくついてくるから油断していたが、あれは弟の件だからなのだと思い知った。

過去の相棒の気苦労を、いまさら思い知ることになろうとは。

夏木が見かけによらず腕っ節が強いことは承知していた。警戒心も強く、勘も悪くない。だが自分の身を守ろうという意識が低いところが心配でならない。

不意の着信に飛びついてみれば、表示されていたのは知り合いの刑事の名だった。無視したい気持ちをぐっと堪え、通話ボタンを押す。仕事で関わることもしばしばあるので、繋がりを疎かにするわけにはいかなかった。

「はい、加瀬部です」

『あーどうも、加瀬部くん。早速だけど、いまから君の相棒を引き取りに来てくれない？』

「は……？」

『夏木涼弥って調査官、君の相棒なんでしょ？　本人はそう言ってるけど』

「あ、ああ……はい、そうです。あいつ、なにやらかしたんですか」

『やらかしたというか……やられかけてた？　うん、まぁとにかく保護してるから、すぐ来て。あ、ちょっとケガしてるけど無事だから、そんなに心配しないように。じゃ』

言いたいことだけ言って野口は電話を切った。どこへ来いと具体的なことを言わなかったのは、彼のいる所轄署でいいということだろう。

タクシーを拾って駆けつけ、署員に案内されるまま会議室へと通される。そこにはパイプ椅子に座って項垂れている夏木がいた。

頬のガーゼが痛々しく、見たことがないほど小さく感じた。伏せたまつげが影を落とし、ただでさえ繊細な顔立ちをいっそ儚げにすら見せている。

「夏木……！」

駆け寄って床に膝をつき、膝の上に置かれていた手を取る。見た目の弱々しさに反して震えなどはなかった。

「加瀬部くんさぁ、彼を一人で行かせたりしちゃダメでしょ」

かけられた声に振り向くと、野口が腕を組んで壁に凭れていた。夏木に気を取られるあまり、まったく気付かなかった。

野口は五十がらみの、少しばかりくたびれた風貌の刑事だ。強面だが気のいい男で、戸籍調査官が誕生した初期の頃からこちらに理解を示し、協力することをまったく厭わなかった一人だ。

多少説教臭いのが玉に瑕だが。

「ちゃんとニコイチで行動しなきゃ。いくら君の面が割れてて潜入できないからってねぇ、こんな綺麗な子にやらせちゃ危ないよ」

なぜか加瀬部が説教される羽目になったが、あえて弁明はしなかった。一人で行ってしまったのは夏木のほうなのだが、加瀬部の過去の行動は野口もよく知っていることなので、この件に関しての信用度はゼロだ。置いて行ったのは加瀬部だと決めつけられている。

「以後、気をつけます。あの、それでなにがどうなって……？」

「え、知らないの？」

「まぁ、ちょっと別行動だったんで」

「あー、そうなの。いや、おおぞらローンに一人で乗り込んで行っちゃったんだよ。知ってるよね、おおぞらローン」

「やたら評判の悪いところですよね。解散した倫成会がやってる」

「そうそう。金貸しとしても最悪なのに、その上借金のカタに戸籍を取ったりもしてたらしくてねぇ。彼は客を装って入って行ったんだけど、運悪く彼のことを知ってる社員がいたみたいで」

その社員は以前関西にいて、戸籍ビジネスに関わっていたらしい。一時期関西にもいた夏木は、さすがにその容姿で立ち所に裏の業界で知れ渡ってしまったようだ。

夏木は黙って下を向いている。小さく嘆息が聞こえた気がしたが、あるいはただの吐息だったのかもしれない。

「席外してたその社員が戻って来るまでは、借金なんかしないで愛人になれなんていう話をしてたみたいだけどね」

「愛人……」

「危うく行方不明者になるところだったんだよ。やつら中身は変わってないからね。薬漬けとか、いろいろヤバいことされてたかもだよ」

夏木は頬を殴られただけでなく、両の手首にくっきりと鬱血(うっけつ)の痕が残っている。紐状(ひもじょう)ではないので、人の手で押さえつけられていたということだろう。

通報を受けた野口たちが踏み込んだとき、夏木は数人の男に押さえつけられ半裸に剝(む)かれていたそうだ。多少暴れたのか、社員数人に打撲の傷があったという。通報したのは向かいのビルに入っているオフィスの社員たちだった。

ローン会社はビルの二階にあり、隣とのあいだには狭い道があった。大きな物音と怒号が聞こえて隣の社員一同が不安を覚えて見ていたところ、下りていたブラインドをかき分けるようにして夏木が姿を見せたらしい。だが窓を開ける前に引き戻され、それきり静かになったと証言した。

窓越しに夏木と目があった一人が慌てて通報し、野口たちが駆けつけたのだ。ローン会社の社員たちに対する恐怖よりも、見た目は儚げで美しい夏木を助けたいという気持ちが勝ったという。助けてと言われた気がして、気がついたら電話をかけていた、というのは通報者の弁だった。

ここまで黙って話を聞いているうちに、加瀬部のなかにはある疑惑が湧いてきた。だがそれをここで確かめるわけにはいかない。追及は後だ。

「調書は取り終わってるから、もういいよ。こっちとしては、踏み込んだどさくさで欲しい物証を押さえられたし、全員現行犯逮捕できたんでありがたかったよ。でもま、彼はちゃんと見てなさいよ。このご時世だからね」

「肝に銘じます」

「お大事に。夏木くんも、無茶しないようにね」

「はい……ありがとうございました」

殊勝な態度で頭を下げ、夏木は加瀬部に促されるまま付いてくる。送ってくれるというので言葉に甘え、覆面パトカーで局まで乗せていってもらうことになった。

「そうだ、これお土産。押収した顧客名簿のなかに、戸籍関係のものもあったからコピーね。それと、あそこにあった連絡先のすべて」

「ありがとうございます」

「なにか追加で出たら連絡するから」

相変わらずの協力姿勢に感謝しつつ、加瀬部たちは署を後にした。

後部シートに並んで収まっても、夏木はひどく静かだった。いかにも襲われたことでショックを受けている、という風情だ。

だが手元ではスマートフォンを弄って弟のＳＮＳを見ている。

あやうく騙されるところだった。これは絶対にショックなんて受けていないし、メンタルも傷ついていないだろう。

加瀬部は深い溜め息をつき、強か（したた）な恋人——仮だが——に苦笑した。

局の前で降ろしてもらい、二人で礼を言ってパトカーを見送った後、それでも一応はそのまま局に入った。最初に向かったのはロッカールームだ。夏木が警察に保護された件はすでに上司にも報告されているので、着替えてから係長と共に課長のところへ行くことになるだろう。

ロッカールームには幸い誰もいなかった。

ドアが閉まった途端に夏木は顔を上げ、やれやれと言わんばかりに溜め息をついた。

「面倒くさい」

「おい」

やはり芝居かと加瀬部は歯がみをしたくなった。夏木を見失ってからの心労を、当の本人は気にもしていないのだ。

夏木は怪訝そうな目を向けてきた。

「気付いてただろう？」

「途中からな。署の会議室に入ったときは、マジで心配してたわ。ふざけんな。だいたいなんで一人で行ったんだよ」

「声をかける暇がなかったんだ」

夏木の説明によると、目をつけて行方を追っていた男が目の前を通ったので、そのまま尾行した。かなり速歩だったのでメッセージを打つ余裕もなかったし、電話をしたらバレそうだったのでできなかった……らしい。

「おおぞらローンに入る前にすりゃよかっただろうが」

「呼ぶまでもないと思ったからな。なかに入って様子を窺うだけのつもりだったし」

嘘は言わないと主張していたので、ここはひとまず信じることにした。夏木もまさか自分を知っている人間がいるとは思わなかったのだろう。

「愛人になれって迫られたのか」

「どちらかと言うと、口説かれたに近い。贅沢な暮らしをさせてやると言われたな」

「すげぇな」

元ヤクザもこの美貌には目が眩んだらしい。夏木の正体が明かされた後も解放しなかったところをみると本気で欲しかったのだろう。

会社のために穏便にすませるならば、自分たちが真っ当な商売をしていることをアピールして夏木を帰してしまえばよかったのだ。あの時点で証拠はなに一つ挙がっていなかったのだから、密かに処分するなり隠すなりして、しばらく裏の業務は控えているのが得策だったはずだ。

「で、バレた瞬間に方向転換したってわけか」

「なんのことだ？」

「逃げようと思えば逃げられただろ？　煽って襲わせて暴れて、隣のビルから通報させたのも計算通りか」

「……」

「わざと殴らせたな？」

ガーゼの貼られた頬に手で触れ、感情を込めて睨み付ける。声が低くなったのは無意識だった。実際、このケガに関しては怒っている。

「先に向こうが手を出せば、多少叩きのめしたところで言い逃れができるからな」

「だからって殴らせてんじゃねぇよ」

「これは大げさなんだ。ガーゼを取ればたいしたことない」

署の職員が夏木の顔を見て、大騒ぎしながら手当てをしたらしい。傷が残ったらどうしようと、初対面だというのにずいぶんと心配していたそうだ。

「恋人がケガして喜ぶ男はいねぇよ。まして原因は本人の無茶ときてる」

「計算違いが起きたんだ。仕方ないだろう」

「だったらバレた時点で逃げろ。いいか、今度同じようなことがあったら、絶対に逃げろ。証拠なんて後から俺がかき集めてやる」

まずは身の安全だと、口を酸っぱくして言い聞かせる。なんとかして彼の意識を変えさせないことには、安心して調査ができないではないか。

「……わかった」

本当に理解したとは到底思えないが、これには根気が必要だ。呪文のように何度でも言い続けてやると心に決めた。

「それと、目をつけたところがあったら、逐一俺に言え。一人で動くな」

「なんとなくあやしい、くらいに思ってる段階でも？」

「ああ。いいか、約束しろ。おまえはもっと自分を守ることを覚えろ。俺のストレスを減らすと思って協力しろ」

「努力する」

実に当てにならない返答にがっくりと力が抜ける。だがここで簡単に了承されるよりも信憑性はあるのかもしれない。

「ところで、どこまで触られた？」

「は？」

「半裸に剝かれてたって聞いたぞ」

「それも大げさだ。せいぜいシャツを捲り上げられたくらいだ。手で撫でられた程度だし。そのあたりは時間調整をしたから大丈夫だ」

「なにが大丈夫だ」

首に縄をつけてしまいたい。加瀬部は心の底からそう思った。

その後、二人してスーツに着替え、まずは係長のところへ行って報告をした。ここでも夏木は伏し目がちで加瀬部の隣に立っていた。わずかに加瀬部より後ろにいるのも、痛々しい頬のガーゼも、大いに同情を買っていた。実態を知っている加瀬部ですら、いまの姿には胸が痛みそうになるのだから、周囲の思いは推して知るべしだ。

「加瀬部……」

「はい？」

夏木に気を取られていると、係長の厳しい声に引き戻される。険しい顔の係長は、夏木をちらりと見て眉尻を下げ、加瀬部に目を戻すなりまた厳しい目をした。

「だからあれほど単独行動はするなと……」

ここでも加瀬部ばかりが責められることになり、そろそろ理不尽さに辟易してきた。同時に、日頃の行いは大事だと実感した。加瀬部の味方は誰一人としていない。特に以前加瀬部と組んでいた同僚は、それ見たことかという顔をしつつ、誰よりも夏木に同情しているようだ。

夏木が来たばかりの頃、彼もまた好き勝手に動いているのを見ていたはずなのに、誰も彼も記憶から抹消してしまったのだろうか。あるいはあれも、加瀬部が夏木を置いて行ったという認識に置き換えられたのか。

とにかく必要なのは加瀬部の反省の態度らしい。

「以後、気をつけます」

「おまえはそればっかりだな。やっぱりコンビ変えてもらったほうがいいんじゃないか？」

途端にざわつく周囲が鬱陶しかった。仕事をする振りをしながら、皆一様に聞き耳を立てていたのがこれで証明された。

幸いだったのはここに小柴がいなかったことだ。あのうるさい男がいたら、空気も読まずに声高に立候補していたに違いない。ほかの調査官たちも口には出さないだけで、内心かなり乗り気になっていることは間違いない。そういう気配をひしひしと感じた。

仮に別の人間と組んだとき、夏木はどういった行動を取るのだろうか。ここまで徹底して芝居をするからには猫を被る気なのか、それともあくまで好きに動くのか。

多少の興味はあったが、それよりも懸念のほうが強かった。自分以外の人間では絆（ほだ）されたり騙されたりして、夏木が無謀な真似をする確率が上がる気がする。

どうしたものかと思案しかけたとき、夏木が顔を上げるのが視界の隅に映った。

「今回のことは、わたしの迂闊さが招いたことです。慢心もありました……。ですから、このまま加瀬部さんと組ませてください」

とっさに変な声が出そうになったのを辛うじて飲み込んだ。

どこまでも殊勝な態度を装う夏木に、係長はもちろん同僚たちもひどく心を打たれた様子だった。

心のなかで加瀬部は「ちょろい」と呟いた。

行く先々で夏木はこうやって周囲を欺き、自らにとって有利なようにやってきたのだろう。悪評が上がっているにもかかわらず、実際に責任を取らされたことがほとんどないのは、立ちまわりが上手いおかげに違いなかった。

本当に強かで顔に似合わず図太くて、興味深い人間だ。

一通りの報告をすませると、係長の先導で課長のところへ向かった。薄くなってきた係長の頭を見ながら、加瀬部は夏木の肩を軽く小突いてやった。意味は言うまでもなくわかっているらしく、小さく肩をすくめるだけの反応が返ってきた。

「失礼します」

課長室のドアをノックした係長は、普段よりも固い態度でなかに入り、加瀬部たちを促してきた。

係長にしてみれば、預かりものの夏木にケガを負わせてしまったという焦りがあるのだろう。

松川克昭課長は鷹揚(おうよう)に頷き、デスク前の応接ソファに座るように指示をした。

その表情に感情らしきものは浮かんでいなかった。彼の表情は能面のように動くことはなく、話し方も淡々としている。よく言えば冷静、悪く言えば機械のような男だった。今年で三十八歳の彼が実年齢よりずっと上に感じられるのは、見た目の問題ではなく妙な威圧感のせいだろう。

まったくプライベートが見えない男だと思った。五年前に結婚して子供もいるはずなのだが、家庭の匂いというものもしてこない。

夏木ならば知っているのだろうか。戸籍上のこととはいえ彼らは親戚関係にあるのだから。

加瀬部と夏木は並んで座り、その正面に松川が来た。係長は汗を拭きながら松川の隣に、極力離れて座った。

「まずは報告から聞こう。夏木本人からだ」

名指しされては仕方ないとばかりに、夏木は順序立てて状況を説明していく。いままでの話と齟齬(そご)が出ないように注意を払っているという印象だった。

単独行動になった流れを聞いて係長が意外そうな顔をした後、加瀬部に目で謝ってきた。一応誤解は解けたらしい。

夏木が警察に保護されたところまで話し終えると、松川は軽く頷いて「わかった」とだけ言った。

「新宿中央署(しんじゅくちゅうおうしょ)には、わたしから礼を言っておいた。夏木は始末書を出すように」

「はい。申し訳ありませんでした」

「おおぞらローンの件だが、今後は別の調査官に担当させる。君たちは別件に着手してくれ。そういうことだから、早めに割り振ってくれないか」

松川の視線を受けて、係長は即座に了承の意を示して立ち上がる。続こうとした加瀬部だったが、次の言葉に引き留められた。

「少し話したいことがあるから、残ってくれ。夏木もだ」

「で、ではわたしは失礼します」

終始居心地が悪そうだった係長は、これ幸いと退室していった。空気を読んだこともあるだろうし、以前から松川を苦手としていたこともあるのだろう。

ドアが閉まって数秒後、静かに室内に松川の溜め息が響いた。

「わたしが黙っていても、そのうち父の耳に入るだろうから、叱責は覚悟しておきなさい」

「はい」

「それで、弟は見つかったのか？」

松川は部外者であるはずの加瀬部を気にした様子もない。夏木自身が協力を求めたことを報告したのか、あるいは察しているだけなのか、彼らの様子から判断することはできなかった。

「特定はしてあります」

「その言い方だと、会ってはいないのか」

仕方ないものを見るような目が夏木に向けられる。初めて感情らしいものを見せた松川も、父の武昭同様に夏木に対して甘くできているようだ。ほとんど変わらない表情と口調のなかに、確かにそれが感じられる。

「加瀬部」

「はい？」

「夏木から目を離さないでくれ。君のことだから、理由については察してくれると思うが」

「目を離した結果がこれですからね。もちろんそのつもりですよ」

頬のガーゼをちらりと見てから、いまは袖で隠れている手首を見やる。意味を察し、松川はさらに重い溜め息をついた。

加瀬部としては、誰に言われなくともそうするつもりだったが、上司の命令という大義名分があるのはさらに都合がいい。願ったりだった。

「まったく……どうせ故意に仕掛けたんだろう。ごまかしても無駄だ。おまえの考え方は、嫌というほどわかっている。加瀬部には申し訳ないことをしたね。君のせいだと責められただろう？」

「日頃の行いのせいかと実感しましたよ」

「これを機に改めてくれるようで、なによりだ」

松川にしてみれば、してやったり……というところだろう。あからさまにニヤついているわけでもないのに、内心が透けて見えるようだった。

「そう言えば、組むように指示したのはあなたでしたよね。いろいろと俺を試してくださったようですが……」

「間違いのない人選だったと自負しているよ。生き別れの弟も見つかったようだし、夏木を捕まえていてくれそうだしね」

「それ、どういう意味でおっしゃってるんですかね？」

「涼弥と君は相性がよさそうだと思ってね」

唐突な名前呼びに親密さを滲ませ、松川は薄く笑みを浮かべた。この男も笑うことがあるのかと驚く一方で、異物を飲み込んだような不快な感情が芽生えた。

単にこちらの反応を見ようとしているのか、煽っているのか、あるいは関係を匂わせることで優越感にでもひたっているのか。

はっきりしているのは、夏木の相手がこの男だったということだ。松川は故意にそれを加瀬部に明かしてきた。

加瀬部はふっと息を吐き出した。

「だといいんですがね。仮の恋人として付き合い始めたばかりなんで」

「さすがに手が早い。ま、よろしく頼むよ」

言われなくても、と返したいのをぐっと堪え、加瀬部は軽く頷きながら笑みを浮かべた。

調査課の課長ではなく松川克昭個人として話しているのは理解していたが、加瀬部はあくまで部下として振る舞った。

夏木はほとんど口を開くことなく、やりとりを聞いていた。なにを考えているのかはまったくわからなかった。

礼を尽くして課長室を出た後、加瀬部は夏木を向かいの会議室に連れ込んだ。ドアを閉めると同時に、ついチッと舌打ちをしてしまう。

「昔の男感、前面に押し出してきやがった」

「別にそういう……恋人とか愛人とかいった関係じゃなかったんだが……」

前にもそう言ったはずだと言わんばかりの夏木だが、問題はそこではない。いや、そこにもあるのだが、実際に本人を前にするのと話で聞くだけなのでは違うのだ。

「課長と寝てたんだろ？」

あれでなにもないとは言わせないし、もし言ったとしても信じないだろう。それくらいに松川の匂わせぶりは露骨だった。

仮とは言え恋人に過去のことを追及されているというのに、夏木の反応はきわめて薄かった。

「当時は係長ですらなかったし、あの人には身体の使い方を教えられただけだ。別に仕事で使う気はないが……」

「当たり前だ。あの男、おまえを使ってハニートラップでも仕掛けさせようとしてたのか？　戸籍調査じゃなくて、親父の政敵とかそういう」

「そんなんじゃない。知っておいたほうがいいだろうくらいの話だ。克昭さんが結婚するまでのことだったし、さっきも言ったが恋愛関係でもなかった」

夏木はそうなのだろうと、その部分には納得した。だが果たして松川もそうなのかはわからないではないか。あの様子では、それなりに情や独占欲はあったはずだ。ただその感情は彼にとって、貫き通すほどのものではなかったのだろう。

「いつからだ」

「え？」

「具体的に、どのくらい続いたんだ。終わったのは五年以上前なんだよな？　ああ、そうか。松川課長の結婚が決まったあたりか」

いつまでかは聞いたが、始まった時期はまだ聞いていなかった。ようするに関係が続いた期間を知りたいのだ。

「……帰国した後、少しのあいだ松川さんと暮らしてたんだ。その頃から」

「おい、それって十代だろ。それからずっとか」

「ずっとじゃない。寮に入った時期もあったし、地方の学校で潜入していたこともあったし」

夏木は珍しくも加瀬部の顔色を窺っていた。そこまで大げさなものでないとしても、フォローをしようと言葉を尽くしているのは珍しいことだった。加瀬部の苛立ちを感じ取り、彼なりに困惑しているようだ。

「あの松川課長が高校生に手を出したのかよ……とんでもねぇな。で、もちろんいまは切れてるんだな？」

「だからそう言ってる。あんた、そういうことにはこだわらないと言っていなかったか？」

「処女性にはこだわらねえが、松川のあの態度はムカついた」

やはりあれは彼のなかに残ったものに動かされたのだろう。勝手に舞台を下りた男の八つ当たりの一種だと思うことにした。

「で？」

「それはなんの問いだ」

「おまえはどう思ってるんだ。松川課長に対しての感情は？」

「あの人は恩人の息子だ。それ以上でも以下でもないな」

即答だった。迷いもごまかしもなく、実際そうなのだろう。だがそれはそれで頭を抱えたくなる話ではある。

「おい、おまえの貞操観念はどうなってんだ」

ただの恩人と寝たと言われて納得できるはずもない。眉間に深い皺（しわ）が寄っているのを見て、夏木は深い溜め息をついた。

「固いとは思っていないが、誰にでも簡単に脚を開くと思われるのは心外だ」

「別にそこまで思っちゃいねぇよ」

「俺が引き取られた頃には、もう戸籍局の計画は動き出していた。その話を聞いて、俺から調査官になりたいと言ったんだ。強要されたわけじゃない」

「それはともかく、なんで身体使うってとこまで話がいっちゃってんだよ」

「向こうで暮らしてるあいだに、うんざりするほど男にもてるようになって、これは武器になるなと思った。いま思えば、少し思いつめ過ぎていたのかもしれないが……」

弟のことで一番焦っていたのが帰国した頃だったらしい。潜入先が全寮制の男子校だと知った時点で、必要になるかもしれないと思ったそうだ。

実際に身体を使って情報を得たことはなかったそうだが、色仕掛けという点では経験ずみだと夏木は淡々と語った。思わせぶりに近づいて、言葉巧みにしゃべらせるに留まったそうだが。

「顔が怖い」

男にしては細い指先が、加瀬部の眉間を軽く押す。その手を取って腰を抱き寄せ、そのまま唇を塞

いでやった。

相変わらず抵抗はなく夏木は加瀬部の好きにさせている。最初の頃から変わらないスタンスだ。何度か身体を重ねてきたが、始めるのはいつだって加瀬部のほうだ。さすがに夏木も最初のときとは違い、始めてしまえば自分からも口淫したり積極的に動いたりもするのだが、あくまで加瀬部の行為に付き合っているだけという印象がぬぐえない。

「まだ『仮』は取ってくれねぇのか」

問いかけに応えることなく、代わりとばかりに今度は夏木のほうからキスをしてきた。彼が自分からキスをしてくるのは珍しいことだった。

うやむやにされた不満を、キスで宥められているようだ。そんな気分を、背中にまわってきた腕が少しだけ晴らしてくれた。


二人揃って出勤し、いかにも駅かどこかで一緒になったふうを装って調査課に顔を出すと、上司から新しい仕事をいくつかまわされた。

その概要を見ていると、加瀬部たちの調査を引き継いだ同僚たちが近づいてきた。

先日のローン会社から入手したいくつもの電話番号のなかに、戸籍を卸す窓口になっている男が浮かび上がってきたという。

「宮下、って男だ。まぁ偽名だろうけど、どこかでその名前出てきたら、こっちにも情報まわして」

「……ああ」

同僚が口にした姓はあまりにも聞き覚えがあるものだったが、加瀬部はなに食わぬ顔で軽く顎を引いた。

反応らしい反応を示さなかった夏木も似たような心境だろう。

聞き流せないほどには身近なものだが、さほど珍しいものでもない姓だけに深読みするほどでもない。そう思いつつも、なにかが引っかかってしまうのだ。

まして先ほど上司から渡された仕事のなかに、気になるものがあった。

一般市民からの通報を精査し、必要とあらば調査せよというものだが、提供者の職場を見て夏木も思わず手を止めていた。

早速その提供者に連絡を取ると、職場であるホテル――立原観光グループのロビーラウンジを指定された。

夏木は微妙な反応を見せたが異論はないようだった。SNSの情報を見る限り、弟の賢司は本社に身を置き、都内のいくつかのホテルを担当しているらしい。そうでなくても立原観光の系列ホテルは全国にあり、夏木も過去に系列ホテルのラウンジを使ったこともあるようだ。そういうことは今後もあるだろうと納得していた。

「ま、そのうち偶然出くわす……なんてこともあるかもな」

「……事前に確認しておく」

夏木はタブレットをちらりと見た。賢司のＳＮＳで動行をチェックするという意味だった。

その彼の頬にはもうガーゼはない。少し腫れて赤くなっていた程度なのを、署の職員が大げさに手当てしたので、翌々日には腫れも引いて普段と変わりない状態になった。

今日は局の車を出すことにし、ホテルの地下駐車場に車を停めた。

場所柄、二人ともスーツ着用だ。場所や時間を考えると、そのほうが浮かないからだ。

情報提供者は山本（やまもと）という二十七歳の男性で、ホテルではフロント業務に就いているらしい。上司も同席することになった。

「これがうちの防犯カメラが撮った写真で、こっちが高校時代のです」

「確かに、別人ですね」

差し出された二枚の写真を見比べ、加瀬部は大きく頷いた。

防犯カメラの写真に入っている日付は一昨日のものだった。チェックインを終えて部屋に向かうところが映し出されている。もう一枚は制服姿の高校生たちが並ぶ集合写真だ。人物は小さいが、顔を判別するには十分なものだった。

そして宿泊者カードもテーブルに置かれる。姓は平凡なものだが、名前が変わっている。字そのものではなく読み方が珍しいのだ。「伊藤史郎」と書いて「いとうしお」というのは、そうそういるものではないだろう。

「珍しい名前なので同級生だと気付いたんですけど、なにしろ顔が似ても似つかなくて……顔は整形ってこともあるでしょうけど、体格がまるで違うんですよ。あいつはもっとでかくて、高校一年の時点で百八十センチ近くあったんです。これを書いた人は、わたしよりも低かった。ちなみにわたしは百七十もありません」

「なるほど……ちょっと失礼」

加瀬部が夏木を見ると、彼はすでにタブレットで局のデータベースに入っていた。問題の宿泊客の名で検索し、同姓同名がいないことを確認した。

その旨を伝えると、山本は小さく溜め息をついた。

「出身は埼玉で、現住所は名古屋か。その客はまだ……？」

「はい。三泊のご予定です」

「同級生から、なにか噂を聞いたことはありませんでしたか」

「それが……実はわたしの最初の高校は、学歴ねつ造で摘発されたところの系列だったんです。名前が一緒なの嫌がって、結構よそに移るやつも多くて……。わたしも親に言われてそうしました。当時はいろいろな学校が受け入れてくれまして、事情が事情だから、三年間いたことにしてくれていて」

だから今回のことがあるまで、山本は高校のことを隠していたという。思い切って話してみると、無理からぬ話だと理解を示してくれ、長年の憂いがなくなったと、実に晴れ晴れしい顔で言った。

摘発された学校の名は、夏木が関わった二校目の学校だった。潜入調査をした本人は涼しい顔をしていた。

「この客は、山本さんを見ても反応がなかったんですね？」

「はい。わたしは、あまり変わっていないと言われるほうなんですが……ネームプレートもつけておりますし」

加瀬部は一通りの話を聞き、宿泊者カードと写真を預かった。

問題の客は外出中だというので、隣の部屋を借りて待機することになった。戻って来たら知らせてもらうように頼み、マスターキーも預かった。

山本に案内されて該当フロアまで行き、客室前で別れて下がってもらう。彼にはこれから通常通りの業務が待っているのだ。

ツインタイプのジュニアスイートは、寝室部分とリビング部分が腰高のパーティションで区切られていて、ソファセットとテーブルが置かれている。

夏木はそこに腰かけて、なにやら思案顔になっていた。

「どうした？」

「情報提供が多いのはなぜかと考えていた」

「ああ……」

昨日も同じように成りすましの情報提供を受け、一人を逮捕したばかりだったのだ。とある会社の人事部にいる人物が、中途採用者の履歴書を見ていたところ、それが大学時代の後輩だと気がついた。だが顔がまったく違っていて、やはり不審に思ったということだった。

すでに成りすましていた男は逮捕し、拘留してある。

「それにブローカーの仕事が雑だ。普通、成り変わるならもう少し似たタイプを提示するはずだろう。雑な代わりに格安なのかもしれないが……いや、それなら普通の会社にのこのこ就職しようとしないで、もっと遠方へ行ったり、バレにくい仕事を選んだりするものじゃないのか」

「確かに。まぁ、慎重さに欠けるやつはどこにでもいるけどな。戸籍売買に対してハードルが低くなってる連中もいるし」

いつの世にも違法なものを軽く見る輩（やから）はいるものだ。たとえば麻薬であったり、身近なものであれば万引きであったり。

「新しい組織が参入してきたってのは、確実だな。とにかく数をバラまいてる印象だ。卸しだけじゃなく、自分たちでも売ってるのかもしれない。で、それが雑な提供の仕方をしてる、とかな」

「それなら一気に情報提供が増えたのも納得だ」

今回のように加齢による変化ではどうにもならないパターンが頻発しているのは、雑な仕事のせいだろう。そして本人の慎重さが足りない場合に、気付いた周囲が通報してくるというわけだ。

先日のローン会社も一連の事態への関与は濃厚だ。借金のカタに取り上げた戸籍を新しい組織に卸していたらしい。

ただ待つのも時間がもったいないからと、夏木は先ほどからタブレットに向かっている。いまは弟のSNSを見ているわけではなかった。ここへ来る車中でチェックし、午前中はどこかで会議があることを確認していたが。

「その後、弟はどうなんだ？」

「どう、とは？」

「毎日見てんだろ？　そういやフォローしてるのか？」

「アカウントは持っていない」

夏木は画面から目を離そうとはしないし、指先も止まることがなかった。

「なんだ、そうなのか。作って、さりげなくフォローして、たまーにコメントでもつけてみるってのはどうだ？」

しい。

「必要ない」

夏木は故意かと思うほどに素っ気なかった。彼としては遠くから動向を見守っていられればいいらしい。

真面目に仕事をしている夏木をよそに、加瀬部はこっそりと立原賢司のＳＮＳをチェックした。

今日も朝から四回ほど更新していた。朝一番は、夏木も見ていた会議の件。二回目は秋晴れの空を撮ったものに、いいことがありますようにと、妙に抽象的なことを書いていた。なにを語るにしても具体的なことを書くタイプなだけに加瀬部でなくとも不思議に思ったらしく、からかうようなコメントや、純粋な質問がいくつかついていた。

三回目は予定変更を告げ、四回目はなにかに期待するような言葉を発していた。

「……どういう心境の変化だ？」

思わず疑問を口に出すと、夏木が意識をこちらに向けた。それと加瀬部の電話が鳴るのはほぼ同時だった。

山本からの電話は、隣の客が戻って来たことを知らせるものだった。

「行くか」

「ああ」

二人でドアの近くまで移動し、待機する。間もなくしてドア越しに、隣室のロックが解除される音が聞こえてきた。

すかさず外へ出てると、ドアを開けようとしていた男は驚いたように顔を向けてきた。

「伊藤(いとう)さんですね。少しお話を伺いたいんですが」

身分証を見せ、エレベーターホールへの通路を塞ぐように立つと、男ははっと息を飲み、忙しなく目を動かした。わかりやすく挙動不審だ。

違法に戸籍を取得した者は、バレたときに比較的おとなしいケースが多い。調査官がこういう形で来た場合、すでにごまかしは通用しないと知っているからだ。逃げればなんとかなると考える一部の犯罪者とは違い、逃げたところで肝心の戸籍が使えなくなっては無意味だからだろう。彼らは別人になって社会に溶け込みたいだけなのだ。

「こんなに早くバレるなんて……」

「お話は局でゆっくり聞きましょうか。なにかから逃げているなら、保護もしますよ」

「……はい」

荷物をまとめさせるために一緒に客室に入り、数分で部屋を出た。手錠については迷ったが、万が一を考えてかけることにした。

廊下で待機していた夏木は後ろからついてくる。

バッグとコートで手元を隠し、そのまま地下の駐車場まで下りた。ホテル側には夏木から連絡させ、乗ってきた車に伊藤を押し込む。

運転席にまわろうとしたとき、こちらに向かって走ってくる男が目に入った。

夏木は小さく息を飲み、逃げるようにして後部座席に乗り込んでしまった。加瀬部はどうしたものかと逡巡（しゅんじゅん）し、とりあえずドアの前に立った。

駆け寄ってきた男は立原賢司だった。

写真で見るよりもいくぶん若く見えるだろうか。それでも夏木と同じくらいの印象だ。身長は加瀬部よりは多少低そうだが、十分に長身の部類だろう。

実物を見ても、やはり夏木には似ていなかった。顔立ちもそうだが、骨格もまったく違うようだ。SNSでテニスが趣味だと書いてあったように、容易にラケットを振って汗を流す姿が想像できる爽やかさがある。いかにもスポーツマンといった風情だが、涼やかな目元は理知的で暑苦しさとは無縁だ。短髪に凛々（りり）しい顔立ちは頭の固い年寄りにも受けがよさそうだった。

熱を帯びた目がガラス越しに夏木を見ている。期待と不安、歓喜と悲哀とがないまぜになったような複雑な心情がそこからあふれ出していた。

「なにかご用ですか」

声をかけると、ずっと夏木を目で追っていた賢司はようやく加瀬部を見た。

「失礼……しました。当ホテルグループのエリアマネージャーをしております、立原です」

賢司は名刺を取り出して加瀬部に差し出してきた。

一瞬で纏う空気さえ切り替える様を見て、これは一筋縄ではいかない相手だと悟った。

「エリアマネージャー、ですか」

彼は創始者一族にして、近い将来筆頭株主になる予定の人間だ。社内に身を置くにあたり、このポジションが妥当なところだったのだろう。

本当は夏木と直接話したいだろうに、ぐっと堪えて加瀬部と向き合っている。その自制心には感心した。

「本日はご協力ありがとうございました。無事に確保できましたので、これから連行します。ああ、いま部屋のキーをお返ししても？　後で戻って来ようと思っていたんですが」

「いいえ。できればお持ちください。このまま部屋を使えるようにしておきます。実は、ご相談したいことがありまして……あなたが加瀬部さんでしょうか？」

「そうです」

「ご同行の方も調査官ですか？」

最初に山本たちに名乗ったとき、身分証を出したのは加瀬部のみで、夏木は姓だけを口にした。ここが立原観光のホテルだということで、念のためにそうしたのだ。杞憂だと内心笑っていた数時間前の自分を叱責したい気分だった。

E1

夏木は確保した伊藤のほうを見ていて反応を示さない。会話は聞こえていたはずだが、無視することにしたようだ。

ここで夏木の素性を偽っても仕方がない。後からなぜ嘘をついたのかと問われて言い訳を考えるのも面倒だ。

「ええ、戸籍調査官ですよ」

「そうですか。ではぜひ、ご一緒にお越しください。お仕事中にお引き留めして申し訳ありませんでした」

ホテルマンらしく恭しく頭を下げ、賢司は一歩下がった。

もう一度礼を言って加瀬部は運転席に乗り込み、車をスタートさせる。夏木は普段と変わらぬ様子でただ前を向いており、とうとう後ろを振り返ることもしなかった。おそらく一度も目をあわせてはいないだろう。

途中で報告を入れ、局に戻ってからは伊藤の取り調べに入った。その報告書を上司に出す頃には、もう夕方近くになっていた。

局内ではどこに耳があるかわからず、下手なことは口にできなかった。夏木は相変わらず注目の的であり、悪意はなくとも耳をそばだてる者も多いのだ。

退局の時間より早めに帰ることを許可され、一度タクシーで加瀬部の自宅へ行ってから、自分の車に乗り換えた。

ようやく私語を口にできる状態になった。

「おまえ、あの反応はなんだったんだよ。弟が来たときのあれ」

逃げるように車に乗り込み、とうとう最後まで目もあわさなかったのは、傍から見れば不自然きわまりなかった。なまじ顔はしれっとしていたので余計にちぐはぐに思えたのだ。

「……動揺した……おい、笑うな」

思わず吹き出した加瀬部を咎める夏木だったが、その視線は鋭さに欠けている。自分でも思うところがあるのだろう。

「いや、笑うだろ。元ヤクザの事務所では一揉めやらかしたくせに、弟が来たくらいであんな子ウサギみたいに巣穴に逃げこんでたらなぁ」

「忘れろ」

「無理だな。俺もだけど、立原賢司も」

「それは……」

夏木もわかっているのだろうが、あえて言葉にして突きつけてやることにした。

「断言してやる。今日の呼び出しを無視したところで、あいつは何度だって接触してくるぞ。素性を知られてるんだから逃げようがない。そもそも逃げる意味もないだろ。腹くくって会っちまえよ。その後どうするかは、そんとき決めりゃいい」

少なくとも夏木は嫌がっているわけではない。自分がどうしたいのかすら、わからなくなっているのだろう。

「ケンは、俺に会いたいんだろうか……」

「だから捜してたんだろ。他意はないと思うぜ」

兄弟の関係や状況を鑑みても、賢司が夏木に害をなそうとしているとは考えられない。それに加瀬部は間近で賢司を見て、間違いなく彼を動かした原動力が思慕であることを確信した。

夏木へ向ける感情の種類を間違ったりはしない。

「そうだな……とりあえず、調査官として会ってみる」

「じゃホテルに行くか」

夏木の返答次第では、このまま彼を自宅へ送り、加瀬部一人で賢司に会うつもりだった。闇雲に否定するつもりはなく、相手の意志を確認し、夏木の心情を訴えて、時間稼ぎをしようと思っていたのだ。

数時間前にも来た場所へと戻り、同じように車を停めて、まっすぐ部屋に向かった。預かったキーで部屋に入ると、もらった名刺を裏返して手書きの番号に電話をかけた。

コール二つ目で、回線が繋がった。

「加瀬部です。いま、八〇七号室にいます。夏木も一緒です」

必要なことだけ言うと、すぐに電話を終えた。賢司は二十分後に行きますと答えた。

なぜ二十分なのかは、彼が到着したときにわかった。賢司はルームサービスワゴンを押して入室し、テーブルに人数分のコーヒーを用意した。

「ご足労いただきまして、ありがとうございました」

「それで相談というのは？」

わかっていながら尋ねるのはここにいる全員が承知の茶番劇だ。夏木はもちろんのこと、加瀬部も水を向けてやるつもりはないのだ。

「失礼します」

礼儀正しく断ってから、賢司はソファに座った。L字型に配置されたソファの、一人掛けの部分だ。視線はまっすぐ夏木に向けられているが、絡むことはない。賢司の目には、俯き加減の横顔が映っていることだろう。

駐車場で見たときよりも緊張しているのか、あまり取り繕えなくなっているようだ。まるで意中の相手に告白する寸前の学生のようだった。

夏木は目を伏せたまま、顔を上げようとしない。彼も相当固くなっていて、顔が強ばるのを通り越して無表情になっていた。

「実は……人を捜しています。二十二年前に死んだとされている人です」

賢司がコーヒーと一緒にワゴンで運んできたのは厚手のファイルだった。そこから彼は当時の新聞記事をコピーしたものを出し、テーブルに置いた。

夏木は黙っていたし、視線を動かすこともなかった。自分に話しかけられているのではない、という姿勢を示しているらしい。相談ごとはそもそも加瀬部に告げられたことだから、同行者の態度として不自然ではなかった。

「この兄弟の、弟のほうがわたしです。兄は……あなたですよね？」

思ったよりも直球できたことを意外に思いながら、さりげなく夏木の様子を窺った。

あれほど動揺していたのに腹が据わったのか、その表情に変化はない。名指しされたことで反応せざるを得なくなった彼は、ふっと小さく息をついて顔を上げた。

賢司は息を飲み、わずかに目を潤ませる。対して夏木はどこまでも凪いだ目をして、じっと賢司を見つめた。

「なぜ生きていると思うんでしょうか？　それにこれがあなたなら、当時は四歳ですよね。ほとんど覚えていないんじゃないですか？」

夏木の声が心なしか柔らかく聞こえる。聞いたことがない声に、恋人の身としておもしろいはずもなく、自然と目が据わってきた。心が狭いと自分でも思った。

　賢司は緩くかぶりを振る。

「覚えています。両親のことは正直まったくと言っていいほど覚えていないんです。母の雰囲気だけ、なんとなく、という感じでしょうか。でも兄のことは、はっきりと記憶してる。退院した日のこともです」

　もちろんすべての記憶があるわけではないと言いつつ、二人だけで寄り添って暮らしていたイメージや、リョウという兄の存在は古い映像のような感じで脳裏に刻み込まれているらしい。当時の賢司にとって、兄がすべてだったことも。

　突然兄がいなくなった理由は、病気で一緒にはいられないのだと説明された。祖父は取り戻した孫がまだ四歳だったこともあり、じきに忘れていくだろうと思っていたらしい。だが賢司は毎日のように兄のことを考えつつも、口には出さずに過ごした。別の名前——功輔と呼ばれることに慣れつつも、ずっと「ケン」と呼ぶ声が残っていた。

「連れ戻されてから小学校に上がるまで、俺は外と隔離されて育ちました」

　家庭教師や遊び相手を宛がわれ、外から情報が入らないように、あるいは外へ情報が出ないように徹底されたという。

「ある程度の年齢になって、祖父の言葉を疑うようになりました。図書館で昔のことを調べていて、自分たちが死んだことになっているのを知ったからです」

そして父の功司が戸籍上では別の女性と結婚していたことも知った。賢司――当時は功輔――の母親も、その女性ということになっていたのだ。

祖父は周囲に功司の失踪ごと隠していた。功司は病を患い海外で治療を受けているとして、姿を見せないことに説明をつけていた。具体的な病名や治療先は伏せていたが、なにか事情があるのだろうと周囲は勝手に納得したらしい。

功司と綾佳が駆け落ちしたときに、二人のあいだに子供ができていたことも、その子供が男子だということも祖父は把握していた。綾佳との結婚について話しあったときに功司の口から語られたそうだ。だからその子がどこかで無事に育つことを期待し、連れ戻すための準備をした。立原家に相応しい女性を功司の戸籍上の妻にして、手元にいない孫の出生届を出すという異常な行動に出たのだ。

その後、祖父の思惑通りに夏木たち兄弟は非道な手段でもって引き裂かれ、賢司は立原家に連れ戻された。海外で病魔と闘っていた功司は、献身的な婚約者と結婚して子供をもうけたものの治療の甲斐なく亡くなり、残された母子が立原の家に呼び戻された……というのが用意されたストーリーだった。戸籍上の母親は祖父に忠実な身元の確かな人物で、賢司が連れ戻されて間もなくお役御免となり、十分な謝礼を手に日本を離れたという。

「ここまで詳しい話を知ったのは最近ですが、子供の頃から祖父の行動が極端でおかしいことはわかっていました」

だったらやはり兄は生きているのではないか。縋るようにそう考え、賢司は二十歳になるのを待って興信所を動かした。未成年のうちは密かに調べるにも限界があったからだ。

入院していた病院も調べたし、住んでいた地域も調べた。だが病院側の口は堅く、なにもつかめなかった。

一方、母親の本籍地は比較的すぐに判明した。賢司が自ら口にしていた方言を、ふとしたきっかけで思い出したからだ。そして夏木の父の戸籍を買った大崎にも接触し、写真を手に入れた。

だが当時の調査ではそこまでしかわからなかったらしい。戸塚と大崎が出会った店で話を聞いたものの、店の女性が戸塚のことをほとんど思い出さなかったためだった。加瀬部たちは運がよかったのだ。

念のためにと、信用のおける代理人を置いて現地の人間と連絡を取り合っていたらしい。そんな折、祖父が体調を崩し、病床でその口から当時のことを——兄弟が引き裂かれたときのことを聞いたのだという。

功司が駆け落ちしてから四年以上の月日をかけてようやく居場所をつかんだとき、息子はもう死んでいた。ならばせめて孫だけでもと賢司を取り戻し、邪魔な兄は捨てさせたのだと。

「かなり意識が混濁してるんですよ。比較的記憶はしっかりしているのに、正常な判断力がもうないんです。だから好きに動けるんですけどね」

吐き捨てるような口調と苦笑まじりの表情に、祖父への愛情らしきものは見えなかった。肉親でありながら、まるで敵を語るようだった。

実際、彼にとってはそうだったのだろう。自分たちを引き離し、兄を殺すよう命じた男なのだから。

「兄への仕打ちを聞いたときは絶望しましたよ。殺してやりたいと思うほど祖父を憎んでます。でも二人死んだことになっているのは、やはり不自然だとも思った。そうしたら、母に生き写しだという男性が現れたと知らせがあって……」

「それで？」

「戸籍調査官だということがわかって、ナンバーから東京だということもわかった。戸籍局の出入りを調べさせようとしたんですが、条件的に厳しいと言われたんで、とりあえず調査官と接触して、母の写真でも見せて反応を見ようと思っていたら、あなたが来てくれたというわけです」

まっすぐな賢司の目は潤み、その心情を余すことなく夏木に伝えていた。

ともに過ごした子供時代を愛おしみ、離ればなれになったことを悲しんだこと。挙げ句に絶望に打ちひしがれたこと。一縷の望みをかけて縋り、期待をし続けたこと。

そして最愛の兄を目の前にして、愛情と思慕とが押さえきれずにいること。

これを振り払うことはできないだろう。そうする意味もない。

夏木は黙って仕事用の名刺を取りだし、テーブルの上を滑らせるようにして賢司に見せる。

意図が読めないのか、賢司は戸惑った様子で名刺と夏木の顔を見比べた。

「俺は……夏木涼弥として生きている。宮下涼に戻ることはできない。おまえの兄だと名乗れない立場でもある」

「それでも……！」

勢いよく立ち上がる賢司を夏木は静かに見上げ、目を細めて微笑んだ。

「無事でいてくれて嬉しい……ケン」

「あ……」

なにか言いかけて言葉を飲み込んだ賢司は、顔をくしゃくしゃにしながら夏木の足下に膝をつき、その手を強く握りしめた。

夏木は少し迷った後、とっくに成人した男の頭を愛おしそうに撫でた。

感動の再会を、加瀬部は冷めた目で見ていた。別に白けているわけではないのだが、意中の相手が弟とは言えほかの男とベタベタしているのだから楽しいはずがなかった。

「やっと会えた……」

「そうだな」

「俺のことは知ってた？」

「……少し前に」

「なんで会いに来てくれなかったんだよ」

先ほどまでとは別人のように賢司は子供っぽくなっていた。拗ねる二十六歳は加瀬部にとっては可愛くもなんともないが、夏木にとっては違うらしく、困った様子ながらも目が笑っている。

そろそろ手を離してはどうだろうか。徐々に距離を詰めている賢司は、とうとうソファに乗り上げていまにも夏木を抱きしめそうな勢いだ。

「事情があるんだ」

「名前が違うのはどうして？」

「殺されかけたせいだ。安全のために、保護プログラムというやつを受けた」

後ろ暗いことはないが公にもできないのだと明かすと、賢司は神妙な顔で頷いた。自分の祖父がしでかしたことの結果なのだから、受け止めた事実は重たいはずだ。

握る手がますます強くなったのがわかった。

「あ……そう言えば、なんて呼んだら……」

「昔はリョウちゃんと呼んでいたな」

「さすがに、それは……」

少し顔が赤いのは恥ずかしさを覚えているからだろうか。いや、絶対にそうだとは言い切れないと加瀬部は顔をしかめる。

いくら弟だとは言え、健全な二十六歳の男が夏木の美貌を前になにも感じないなどということがあるだろうか。まして再会したばかりだ。兄というよりも魅力的な人物として映るのは、むしろ自然なことではないだろうか。

あくまで自分を基準にそう邪推してしまう。自覚していても止められなかった。

そんな加瀬部の苛立ちをよそに、兄弟たちは二人だけの世界を作り出していた。

「涼でいい」

「……涼」

大切な言葉を口にするように、そっと吐き出されるその名は、加瀬部がいまだに呼んだことのないものだ。

さすがにもう黙っていられなかった。

「聞きたいことがあるんだが」

「……なんですか」

いたのか、と言わんばかりのトーンで、賢司はそれでも一応言葉は返してきた。ただし加瀬部を見る目は、夏木へ向けるそれとは温度の違いが凄まじかった。

彼らを纏っていた空気も、立ちどころに変わっていた。

「無戸籍者への支援団体を立ち上げたそうだが、ひょっとしてそれも、涼弥を捜すための手段か？」

さりげなく夏木のことを名前で呼んでみた。とても賢司のことをとやかくは言えない子供っぽい振る舞いだ。

夏木は怪訝そうな顔をしてはいたが、特に咎めたりはしなかった。

「否定はしません」

「ま、理由はなんだっていいんだけどな。その団体の代表として、なにか噂を聞いてないか？　最近、雑な仕事をするブローカーが増えてんだよ。ここ数ヵ月のことだ」

「噂なら、少しは。ただ具体的なことは知りません」

賢司は淡々とそう言い、役に立てずにすみませんと、殊勝に頭を下げた。顔色一つ変えなかったが、どこか引っかかった。

だがいまはなにも言うつもりもなく、軽く頷いてみせる。

「そうか」

「それより、涼！」

賢司は加瀬部から夏木へと視線を戻し、いきなり声を張った。

「え？」

「戸籍調査官の仕事を辞めてくれないかな。危険なこともあるんだろ？　そんな仕事して欲しくないんだ。辞めて俺の仕事手伝ってよ。ホテルのほうじゃなくて、支援団体のほうでもいい。涼だって、子供たちを助けたいって思うだろ？」

　どうやら賢司の団体は無戸籍児童の救済に力を入れているようだ。かつての自分たちを投影しているのかもしれない。

　兄を思うゆえの言葉に、夏木は緩くかぶりを振った。

「この仕事が気に入ってるんだ。俺にはあっていると思う。もちろん無戸籍者の支援は、俺にできることなら手伝うよ」

「その話も含めて、食事しながら話そう。あ、よかったら加瀬部さんもどうですか」

　ついでのように誘ったのは、社交辞令というものだろう。その証拠に賢司の目はあからさまなほど、帰れと訴えている。

　当然、帰るつもりはなかった。

「ではお言葉に甘えて」

「ぜひ」

　互いに笑ってはいるが漂う空気は冷え冷えとしている。夏木も気付いてはいるだろうが、素知らぬ顔だった。

　この場合、弟につかず中立であったことを喜ぶべきなのだろう。

　そうは思っていても、敵意剝き出しの賢司の態度に、加瀬部の機嫌は急降下していった。

存在が気に入らないのはお互いさまだろう。

弟という立場を振りかざし、全力で甘えつつもなんとかして夏木を抱え込もうとしている賢司は、加瀬部にとって目障りで小賢しい邪魔者だ。

賢司にしてみれば、やっとのことで再会した最愛の兄のそばにいる恋人兼バディは、それはもう排除したくてしたくてたまらない相手だろう。

こちらから打ち明けるまでもなく、賢司は夏木と加瀬部の関係を看破した。付き合ってはいるが、中途半端な関係であることも含めてだ。だからこそ付けいる隙はありと見て、積極的に邪魔をしてこようとする。

「やっぱ気に入らねぇ」

思わず漏れた呟きを拾い、キッチンにいる夏木は顔を上げた。ちょうど洗いものが終わったところだったようだ。

徹夜明けで二人して夏木の家に戻り、数時間眠って起きたら午後二時をまわっていた。外へ出るのも億劫だからと、家にある食材で作ったものをつい先ほど食べ終わったところだった。

夏木は料理が上手い。本人曰く、覚えたレシピ通りに作っているだけだというが、器用なのかセンスがあるのか、傍からみればなんでも簡単に作っているように見える。少なくとも加瀬部には文句のつけようがないものが出てきた。

美人の恋人と過ごす時間に邪魔が入ったのは、食器を片付けようと立ち上がったときだった。着信したのは夏木のスマートフォンで、そこには今日の夕食を一緒に、とあった。もちろん相手は賢司だった。

「いいか?」

少し迷い、夏木は加瀬部にお伺いを立ててきた。一応恋人の意見を聞くことを覚えたようだ。拒否するのも大人げないかと頷いてはみたものの、やはり腹立たしい気分になった。いい歳をした男が週に二度も三度も兄に会おうとするのはいかがなものだろうか。

二十二年ぶりの再会はめでたいことだと素直に思っているし、夏木の憂いがすべて取り除かれたのも喜ぶべきことだ。

だが問題はある。夏木のプライベートの時間が、結構な割合で賢司に割かれるようになったことだった。

「狭量だな」

不機嫌な加瀬部を見て、夏木は溜め息をついた。

「そうだよ。おまえに関しちゃ心が狭いんだ」

相手が弟だろうが関係ない。いや、弟の立場を利用してベタベタとスキンシップに励むあたり、本当にただの兄弟愛なのかと声を大にして問いたいところだった。

だがやぶ蛇になることを恐れ、とりあえず黙っている状態なのだ。

「俺の恋人には器の大きさを求める」

「仮の恋人には適応されません」

「拗ねるな」

くすりと笑い、夏木はキッチンから出て来た。そうして迷うことなくソファにいる加瀬部の膝に座って、しなやかな腕をするりと首にまわした。

相変わらず猫のようだ。それは最初に見たときから少しも変わることがない印象だった。

「恋人だから求めてるんだ」

「……は？」

とっさに意味がわからなかった。

「鈍いな」

「それは……つまり、仮が取れたって話か」

「そう言ってるだろう。いいか、浮気したら半殺しだ」

相当物騒なことを言う夏木は、それはもういい笑顔を見せている。残念なことに、可愛らしいものではなく恐ろしいものだったが。

「半殺しですむのか」

「俺はいったん自分のものにしたら手放さない。生きてそばにいてもらわないと嫌なんだ。あんたが思ってるより、ずっと面倒でタチが悪いぞ」

「上等だ」

にやりと口の端を上げると、そこに夏木のキスが落ちた。彼は意外にキスが好きらしいと知ったのは、つい最近のことだ。

そのまま服のなかに手を入れて、好きなところを愛撫する。たちまち息を乱し、夏木は加瀬部のものに布越しに触れながら甘い声を振りこぼした。

服を剝がされても従順で、むしろ協力的に腰を浮かせていた。あっという間に彼はボタンが全開のシャツ一枚という姿になった。

その格好で加瀬部の膝を跨ぎ、挑発的に見下ろしてくるのだから、確かに本人が言うようにタチが悪いだろう。

「ま、その強気は最初だけだよな」

いつも途中からぐずぐずになり、多少の悪態をつきながらも気持ちよさそうに喘いで、縋り付いてくるのが可愛いところなのだ。

思えば少しずつ変化はあったのだろう。いつの間にかためらうことなく彼は加瀬部の背や首に手をまわしてくるようになったのだから。

「ん……」

指を舐めさせ、柔らかな舌を十分に堪能する。それを夏木の後ろに宛てがい、なかへと沈み込ませていく。

びくんと仰け反るしなやかな背は、指を動かすたびに細かく震えた。

突き出される形になった胸にしゃぶりつくと、甘い声を放って夏木は加瀬部の指を締め付けた。甘噛みするより舌先で転がすほうが好きらしいと知ったのは、何度目のときだったか。身体を繋げながら何度もそうやって愛撫するうちに、彼はおもしろいようによがるようになった。

少しずつ自分の愛撫を覚えていく身体が可愛くて仕方ない。

それでも嫉妬心は際限がないのだから、恋愛感情というものは実に厄介で面倒なものだとつくづく思う。

「あっ、ん、ん……！」

「いい眺め」

「は……自分は脱がないのが、好みか……？」

加瀬部が着衣をほとんど乱していないのが不満なのかと思ったが、笑みの形を作る口元を見る限りそうではないらしい。

気に入らなければ夏木は自分の手で加瀬部を脱がしたはずだ。

「俺はどっちでもいいぞ。服脱ぐ暇があったら、おまえを弄りたいってだけだ」

「へぇ……実はそういうプレイが好みなのかと思ってた」

「悪くねぇとは思ってるよ。結構そそる」

指が夏木のいいところを抉ると、細い腰が大きく跳ねた。

ぎりぎりまで引き抜いた指で縁をぐるりとなぞり、さらに指を増やして突き上げてやる。滑りを足してなおも内側の一点を弄り続けて、戯れに胸を吸った。

夏木は話すこともできなくなって泣き声まじりに喘いでいる。白い身体が艶めかしくのたうつのが加瀬部を煽り立てて仕方なかった。

「あぁっ……」

追い詰めていかせた身体を抱き留めて、綺麗な背中を手のひらで撫でる。それだけでびくびくと震えるほど感じやすくなっているのだ。

まだ息も整わないうちにソファに押し倒し、身体を繋げていく。

「気持ちよさそうだな」

「は、ぁ……」

夏木は薄く笑みを浮かべ、加瀬部の首に腕をまわした。

背中を抱いて身体を引き起こし、ふたたび膝に乗せて視線で促すと、ややあって夏木は自ら動き始めた。

腰を浮かせて沈めて、息を乱して快楽を追っていても、やはり彼はどこまでも美しかった。

結局ただ見ていることはできず、加瀬部からも突き上げていくことになり、もっと制限なく動きたくなって、結局また夏木をソファに組み敷いた。

深く何度も突き上げ、触ってくれと訴えてくる乳首を舌先で転がした。

「あっ、い……くっ……ぁ、ああっ……！」

強い締め付けに加瀬部もまた絶頂を迎え、余韻を味わいながら夏木を抱きしめる。腕のなかで彼は何度も痙攣（けいれん）するように震え続けた。

このまま出て行くのは惜しい。身体だって正直にそれを主張している。

客が来るまで何時間かあるのだから、それまで恋人同士の時間を楽しんだところで罰は当たるまい。

なにしろ正式な恋人になって初めてのセックスなのだ。

「いいよな……？」

返事の代わりは深いキスだった。

正式に恋人同士になったからといって、二人の関係にさほどの変化はなかった。仮だったときから加瀬部は夏木の部屋によく泊まっていたし、自分の部屋に夏木を連れ込んでもいた。その頻度は週に二度か三度、休日前ともなれば必ずだった。

夏木は自主的に来ることも自分から加瀬部を部屋に誘うこともなかったが、代わりに断るということもなかった。

「一つ聞きたいんだが……おまえはどういう感覚で俺が泊まりに来るのを受け入れてるんだ？」

「どういう感覚、とは？」

夏木は表情も声も普段より固くなってしまっている。これは加瀬部に原因があるわけではなく、これからやって来る人物のせいだった。

張り詰めた空気を少しでも和らげようと、加瀬部は雑談を始めたのだ。

雑談と言っても、自分たちの関係についてだから、それなりに重要ではあると思っている。少なくとも加瀬部にとってはそうだった。

「一応俺にはさ、押しかけてるって自覚があるわけだ。うぜえ、って思われてたとしたら、ちょっとへこむな……とかな」

夏木の部屋のソファに並んで座り、先ほどから加瀬部は恋人の腰に手をまわしている。部屋で寛ぐときは大抵この体勢だが、一度も振り払われたことはないし、態度で不満を表されたこともない。その代わりに甘えられたこともないのだ。

「別にうざいとは思ってない。迷惑だったらはっきりそう言う」

「ま、そういう性格だよな」

加瀬部と同じで、夏木もまた嫌なことを我慢する性格ではない。それは承知しているので、知りたいのは夏木の心情だった。

黙って視線で促すと、少し考えて夏木は口を開いた。

「正直なところ、嬉しいというよりは安心している、かもしれない」

「安心……？」

「好かれている実感と言うか、加瀬部さんが積極的だから俺はそこに胡座をかいている……ような気もする」

夏木の口調に歯切れのよさはない。自分でもよくわかっていないのか表現も曖昧だし、見つめてくる目も問いかけているようだった。

だが彼の心情らしきものは、なんとなくわかった。

「つまり、俺がかまわなくなったら淋（さび）しいってことだな。不安にもなる、と」

「……そういうことなのかもしれない」

「どうした、さっきから曖昧だな」

「仕方ないだろう。恋愛するのは初めてなんだ」

ムッとして言い返してくるのは若干喧嘩腰だが、いかんせん内容が可愛らしすぎる。加瀬部は顔がにやけそうになるのを堪え、なんとか真面目な顔を保った。

「セックスのときはどうなんだ?」

「それも、似たような感じだ」

「具体的に」

「新手のセクハラか?」

ここへきてようやく夏木は腰にまわっていた手を見た。少し前からその手が腿のあたりまで伸びて撫でさする動きをしていたせいだ。

「なんで恋人相手にセクハラなんだよ。よりよい関係を築くための話し合いと言え」

それに触れたり撫でたりするのは恋人としてのスキンシップだ。

夏木の口からなにかとセクハラという言葉が出るのは、それだけ彼がハラスメントを受けてきた、ということだろう。ただし本人はさほど気にしていないようだった。どうでもいい人間から自分がどう思われようとかまわない、と考えているらしい。

繊細そうな見た目を裏切る中身を持つ夏木は、少し考えてから軽くかぶりを振った。

「現状に不満はない」

「ねぇのか。かまわれ過ぎてストレスになってたり……とかは？」

とてもそんなふうには見えないが、一応確認してみることにした。するとひどく怪訝そうな顔をされた。

「俺はペットかなにかか？」

「正直、猫みたいなもんだと思ってる」

その印象は初対面のときから変わっていない。認識として変わったのは、手を伸ばしたからと言って爪は出てこない、ということだった。少なくとも加瀬部は最初にちょっかいをかけたときから現在に至るまで、鋭い爪で引っかかれたことはなかった。むしろおとなしく撫でられてくれた。

あくまで比喩（ひゆ）的な意味の話だ。物理的には何度か背中に爪を立てられてはいる。

夏木は黙って加瀬部を見つめ、やがて小さく嘆息した。

「多分、人による」

「俺はいいってことか」

「ああ」

「松川課長はどうだったんだ？」

無意識にぽろりとその名が出てしまった。実のところ、かの人物については多少なりとも気になっているのだ。

今度は大きな溜め息が返ってきた。

「あの人とはもっとドライな関係だった。意味もなくかまわれたことはなかったし、かまって欲しいと思ったこともなかった」

「ってことは、俺にはかまって欲しいのか」

「だからそう言ってる」

「言ってないって。口に出さなくてもわかれとか、結構な無茶だからな？」

　夏木の感情は確かに部分的に読み取れることもあるが、当然すべてではない。加瀬部は感情の機微に聡いほうではあるが限界はあるのだ。

　腰にまわしていた手を夏木の頭に移し、わしゃわしゃと髪を撫でまわした。掻(か)きまわしたといったほうが近いかもしれない。

　さすがに夏木は迷惑そうな顔で乱れた髪をざっと直した。

「比喩じゃなくて本当に猫扱いなのか」

「いやいや、比喩ですよ。本当の猫扱いだったらセックスするわけねぇだろ」

「特殊な嗜好(しこう)なのかもしれない」

「ふざけんな、至ってノーマルだ。俺がなんか特殊なことをしたか？　せいぜい軽く縛った程度だろうが。ソフトＳＭなんて普通な範疇だぞ。おまえだって別に嫌がってなかったろ。……嫌がってなかったんだよな？」

急に自信がなくなって確認すると、ふいと視線を逸らされた。

「だから嫌なことなら嫌だと言う」

「やってる最中に、たまに言う『イヤ』は別枠か？」

「本気で嫌だったら殴ってでも逃げてる。縛られてたら蹴る」

「なるほど」

つまり夏木は家に押しかけられるのも、部屋でベタベタと触られているのも、泊まるたびにセックスしているのも嫌ではないのだ。むしろそのことに好意を感じて安心しているらしい。

「回数以外に不満はない」

「ああ……確かにそこは文句言ってるもんな」

加瀬部は何度も頷き、大いに納得した。

いい加減にしろ、度が過ぎる、あり得ない、などの言葉は何度かぶつけられてきた。もっとストレートに馬鹿だのケダモノだのといった罵倒もあった。

罵られて喜ぶ性癖はないのだが、この件に関しては楽しんでいるのが実情だ。夏木の文句には本気の怒りが込められていないからだ。

「改善の余地はないのか」

「ねぇな。ま、そのうち落ち着くだろ」

言外に諦めろと告げて、時計を見る。そろそろ約束の時間だ。彼は――賢司は時間に正確だから、ほぼぴったりにやって来るだろう。

加瀬部が時計を見たことで、夏木の意識も切り替わったらしい。だが先ほどまでのピンと張り詰めたような空気にはならなかった。

それでも溜め息は出てしまう。辿りついた事実が、目の前に証拠として積み上がっているからだ。予感めいたものはあった。予感というよりは、手がかりが少しずつ集まるにつれて先が見え始めた、といったほうがいいだろうか。

つい最近になって増えた雑な仕事をするブローカーに、違法な戸籍を買う新興組織。同時期に支援団体を立ち上げ、この業界に関わるようになった立原賢司。

あの日、加瀬部が感じたものは、やはり正しかったのだ。

倫成会のローン会社から押収した番号から、窓口になっている男が判明して一ヵ月。当の番号はもう使えなくなっていたものの、男が名乗っていた姓が判明した。そして加瀬部たちから担当を引き継いだ調査官たちは別の窓口を見つけ出し、そちらも同じ姓を名乗っていることをつかんだ。

どちらも使われていた名は宮下――。それを聞いたときに感じた嫌な感覚は、こうして歓迎しない事実へと繋がっていた。

もちろん引っかかったのは加瀬部と夏木だけだ。宮下綾佳と涼のことは松川も知らないことだから、ただの偽名だと誰もが深く追わなかった。またそれだけで夏木たち親子に辿り着けるほど珍しい姓でもなかった。

だから二人は密かに裏付けの調査をしていたのだ。賢司が関わっていることを前提に調べていけば、案外簡単なことだった。

夏木は努めて冷静に振る舞い、加瀬部も思うところはあったが普段通りに仕事を続けた。

今日は揃っての休日だ。午後からは賢司が来ることになっていた。

こちらの動きや思惑を知ってか知らずか、賢司は今日も手土産を持って上がり込んできた。約束の時間ちょうどだった。

「涼、今日も綺麗だ。可愛い」

うっとりした顔で夏木を眺める弟を前に、夏木は少し困ったような顔をした。さすがに毎回のこの態度には困惑しているようだ。

「おい、実の弟が兄貴に向かって言うことじゃねぇだろ」

綺麗はまだしも、可愛いはどうか。いや、夏木は可愛いところも当然あるのだが、弟の視点としておかしくはないだろうか。

「事実を口にしてるだけですよ」

「その事実は否定しねぇが、弟のセリフじゃねぇって言ってんだよ」

「ねぇ涼。こんな心の狭い恋人はどうかと思うよ」

なにかと加瀬部のネガティブキャンペーンを張る賢司だが、実際にどこまで本気かは計りかねている。ただの嫌がらせなのかもしれない。

「……」

「ん？　どうかした？」

「賢司……話がある。座ってくれ」

場の空気に流される気はないようで、夏木は固い態度のまま賢司を座らせた。そうしてつかんだ事実を、彼の前に置く。

それらにざっと目を通した後も、賢司の態度は変わらなかった。

最近は彼と火花を散らしながらも気安い関係を築いていたので、実年齢よりも若い生意気な弟、という印象に変わっていた。

感情も明け透けで、まるで裏表がないようにすら思えることもあった。だが初対面のときに感じた食えないイメージが一瞬にして戻ってきていた。

「さすが。やっぱり二人とも優秀なんだな」

「あっさり認めたな」

無駄な抵抗はしないことにしたらしい。余計なやりとりをしなくていいだけ、潔いと褒めてやろうと思った。

賢司は芝居がかったしぐさで、ひょいと肩をすくめた。

「これじゃ言い訳しても意味ないでしょ。店じまいのタイミングを計ってたところだったし」

「へぇ、やめるのか」

「だって用はなくなったし。家族の情報が欲しかっただけなんだ。あ、家族ってのはもちろん立原のほうじゃないよ」

「ああ」

「裏のほうは涼を見つけるための商売だった。だから、もうどうでもいい」

賢司の主張にはいちいち納得させられた。夏木の人生が弟を見つけるためにあったように、賢司の人生もまた兄を見つけ出すことにあったのだ。

窓口となっていた男たちに宮下を名乗らせたのも、もしかしたら生き別れの兄がどこかで耳にし、気に留めてくれるかもしれない、と思ったからだという。打てる手はどんな些細なことでも打ってきたわけだった。

これはなかなか厄介な兄弟愛だ。

「加瀬部」

夏木が目で語りかけてくるのを、何度か頷くことで了承した。

「その代わり、あれな」

このあたりは事前に話し合いがなされていた。賢司の返答次第——裏の事業の続行か中止か——で変わることだったのだ。

「わかってる」

「なんの話？」

「弟くんには関係ねぇよ。それより、解散させるにしても急にってのは勧めねぇぞ。ソフトランディングさせろ」

指を突きつけながら言うと、夏木が眉を寄せてその手を下ろさせた。人を指さすな、と言いたいらしい。

賢司は目を丸くしていた。予想外の言葉だったようだ。

「え、それって、見逃すってことですか？」

「二度と裏に手を出すなよ。おとなしく支援団体だけやっとけ」

「いいんですか、それで……」

「別に問題ねぇよ。俺としては、摘発だろうが自発的な解散だろうが、組織がなくなって再犯性がなければいいんだ」

「はぁ……」

複雑な思いを抱えてはいるらしいが、賢司は居住まいを正して頭を下げてきた。開き直ったかのような態度だが、彼とて逮捕されたり、いまの立場を失ったりはしたくないはずだ。

夏木さえいればという気持ちもあるに違いないが、堂々と彼の近くにいるためには、やはり経歴に疵（きず）はつけたくないだろう。

「ありがとう。加……貴広」

初めて自分の名が夏木の唇から紡ぎ出された。つかんだ事実を握り潰す代わりに、今後はプライベートのときに名前で呼べと言ったのだ。ついでに付けたような条件だが、結果には大いに満足している。

加瀬部の好きな声が、自分の名を呼ぶ。たったそれだけのことがひどく嬉しい。

だがせっかくの余韻は、無粋な邪魔者によって吹き飛ばされた。

「いつから名前でっ！　このあいだまで加瀬部って呼んでて、全然恋人っぽくなかったよな？　いや、なんかちょっと前から雰囲気変わったような気もしてたけど、でも……あっ、そう言えばさっきあんたも、涼のこと名前で……っ」

相当動揺しているのか、賢司は常にないほど早口で、しかも口調が学生のようになっている。それから夏木と加瀬部を見比べ、少し照れたように目を逸らした最愛の兄を目の当たりにし、とてもわかりやすくショックを受けていた。

可愛いもんだ、と密かに思った。本人は思われたくもないだろうから、いまは言わないでおく。いずれここぞというときに投げつけてやろう。

そのときのことを思って笑う加瀬部を、夏木は不思議なものを見るような目をして眺めていた。

あとがき

この話のネタとキャラは十年以上前から頭にあったものなんですが、とても漠然としたもので、今回ようやく形にしてみたら考えついた当初とはまったく違うものが出来上がっておりました。まぁよくあることですね。考えた当時とは書きたいキャラ……というか、こうしたいというイメージが違うというのも大きかったと思います。

一貫して攻め視点、というのも実は初めて……です。多分。どうかなーと思ったんですが、今回はそれがいいだろうということで、担当さんに背中を押してもらってこのようになりました。

そしてこのたび、円之屋穂積(まるのやほづみ)先生に美しくも格好良いイラストを付けていただけてとても嬉しいです。綺麗で色っぽくて雰囲気があって、いまから本になったものを受け取るのが楽しみです~。ありがとうございました。

そしてそして、この本を手にとってくださってありがとうございました。また次回もなにかでお会いできましたら幸いです。

きたざわ尋子(じんこ)

この本を読んでの
ご意見・ご感想を
お寄せ下さい。

〒151-0051
東京都渋谷区千駄ヶ谷4-9-7
(株)幻冬舎コミックス　リンクス編集部
「きたざわ尋子先生」係／「円之屋穂積先生」係

リンクス ロマンス

危険な誘惑

2018年12月31日　第1刷発行

著者……………きたざわ尋子
発行人…………石原正康
発行元…………株式会社　幻冬舎コミックス
〒151-0051　東京都渋谷区千駄ヶ谷4-9-7
TEL 03-5411-6431（編集）
発売元…………株式会社　幻冬舎
〒151-0051　東京都渋谷区千駄ヶ谷4-9-7
TEL 03-5411-6222（営業）
振替00120-8-767643
印刷・製本所…株式会社　光邦
検印廃止

ISBN978-4-344-84365-3 C0293
Printed in Japan

幻冬舎コミックスホームページ　http://www.gentosha-comics.net